Harald J. Krueger

Das verlogene Bangen

für Wiebke

Harald J. Krueger

Das verlogene Bangen

Krimi

© 2016 Harald J. Krueger

Umschlagfoto von Wiebke Krüger

Herstellung und Verlag:
BoD - Books on Demand, Norderstedt
ISBN 978-3-7412-4274-8

1

Wer andere warten lässt, gewinnt kurzfristig Aufmerksamkeit und verliert langfristig Sympathie, meist ein schlechter Tausch. Julia Blank stufte sich als überdurchschnittlich geduldig wirkende Warterin ein. Tatsächlich verachtete sie als stets pünktliche Bankerin Zuspätkommer. Noch unterhielt Herr Gabor gut gelaunt die Wartenden. Der Notar, Herr Dr. Nolte, saß am Kopfende des Konferenztisches. Rechts von ihm sollte bereits Herr Drakel platzgenommen haben. Daneben harrte Frau Blank auf sein Erscheinen. Links vom Notar schwelgte Herr Gabor über das Fest, auf dem er mit regionaler Prominenz und Presse am Samstagabend den Verkauf seiner Gewürzfabrik gefeiert hatte.

Jetzt am Montagvormittag sollte die Übertragung der GmbH-Anteile auf die deutsche Tochtergesellschaft der HHC, der Hongkong Herbs Corporation, besiegelt werden. In wenigen Stunden wollten er und seine Ehefrau mit dem Kreuzfahrtschiff ‚Queen Elizabeth' um die Welt schippern. Der Zweiundsechzigjährige tönte: »Das haben wir uns redlich verdient. 1979 habe ich mit neunundzwanzig Jahren die Firma gegründet. Aus den bescheidenen Anfängen im Hamburger Hafen habe ich in dreiunddreißig Jahren ein profitables Unternehmen mit über 200 Millionen Euro Umsatz aufgebaut. Wenn mir jetzt die Chinesen dafür 30 Millionen bezahlen, bin ich nicht nur endlich schuldenfrei, sondern auch so wohlhabend, dass feiern im Hotel-Atlantic und reisen über den Atlantik angesagt sind.« Mit dröhnendem Lachen freute er sich über das Wortspielchen und strahlte seine Zuhörer an. Bei Julia Blank konnte er sich wieder nicht ein Augenzwinkern verkneifen. Jedes Mal fragte sie sich, was ihn dazu bewog und was er sich davon versprach. Sicher ahnte er nicht, wie disqualifizierend gockelig das auf sie wirkte. Herr Drakel, der säumige Geschäftsführer der übernehmenden Gesellschaft, verzichtete auf derartiges Gehabe. Deshalb war der Auftraggeber der Mergers & Akquisitions-Bankerin bislang sympathischer. Nie war der fünfzigjährige Käufer während der monatelangen Zusammenarbeit geschlechtsspezifisch aus der Rolle gefallen, der Verkäufer dagegen zwanghaft oft. Dabei vermied Julia Blank, durch Kurzhaarfrisur und Hosenanzüge als Frau aufzufallen. Nach ihren Beobachtungen stellte das in ihrer Bank eine der Voraussetzungen dar, um eine hoch dotierte Führungsposition zu ergattern. Nur genauso gut wie Männer, ausgebildet zu sein und ebenso fleißig zu arbeiten, reichte nicht. Mit tiefer Stimme und direktem Vorpreschen hatte Julia Blank es mit dreiunddreißig Jahren in die Männerliga geschafft. Diese Firmenübernahme leitete sie erstmalig als M&A-Projektmanagerin. Damit gehörte sie zum Kreis der Bonusempfänger. Der erfolgreiche Abschluss dieser Transaktion versüßte die Sechzigstundenwochen mit 108.000 Euro. Das verdoppelte nahezu ihr Jahresgehalt. Aber vor allem brächte sie der Geldsegen hoffentlich auch ihren privaten Zielen näher. Doch noch fehlte einer der Unterzeichner. Julia spürte zunehmend unverhohlene Frageblicke auf sich gerichtet. Sie galt als Einfädlerin und Vermittlerin der Einverleibung des Hamburger Gewürzhändlers durch den internationalen Konzern HHC. Ihr warf man, noch stumm, das Ausbleiben des Käufers vor. Sie schaute auf die Handyuhr. Der Termin war vor zehn Minuten verstrichen. Bald wäre die hiesige Grenze zur Ungehörigkeit überschritten. Deshalb ergriff sie das Wort: »Ich bin sicher, Herr Drakel wird durch widrige Umstände aufgehalten. Wenn er in fünf Minuten nicht eingetroffen sein sollte, rufe ich ihn auf seinem Handy an.«

Alle lehnten sich in den neigbaren Konferenzstühlen zurück. Dr. Nolte nickte zustimmend. Herr Gabor wippte unruhig. Julia Blank bangte. ‚Hoffentlich verzögert nur ein Verkehrsstau den

Beginn.'Andererseits hatte Herr Drakel auf sie immer einen sehr professionellen Eindruck gemacht. Dazu gehörte nicht nur Pünktlichkeit, sondern beim Notartermin eine Viertelstunde zu früh zu erscheinen, damit die vorgeschriebene Identifikation, vorher erledigt werden konnte. Julia Blank ließ ihren Blick durch den Raum schweifen. Um den polierten Mahagonitisch hätten acht Personen sitzen können. Die rotbraun gemaserte Tischplatte schien aus einem Stück zu bestehen. Sie wirkte antik. Das gab den lederbezogenen Stühlen mit verchromten Armlehnen ein besonders modernes Aussehen. Tatsächlich hatte Charles Eames den Klassiker vor vielen Jahrzehnten entworfen. Mehr hätte in dem Raum nicht Platz gefunden. Die Fenster auf der schmalen Seite gegenüber der gepolsterten Tür gewährten den Ausblick auf das Hamburger Rathaus, den spätbarocken Prachtbau. Die beiden Längsseiten waren mit Nussbaumkassetten getäfelt. Links hing tosendes Meer in Öl gemalt und in Gold gerahmt, rechts eine prächtig gesiegelte Urkunde im schwarzen Schlichtrahmen. Hanseatischer hätten sich die Notare nicht einrichten können. Julia Blank verkniff sich, zu schmunzeln. Dr. Nolte besann sich auf das ziselierte Silbertablett mit Wasserfläschchen und Chromthermoskanne, umgeben von Porzellantassen und Kristallgläsern.»Lassen Sie uns die Gelegenheit nutzen, etwas zu trinken.«

In diesem Augenblick schwang die Tür auf. Eine circa fünfzigjährige Kanzleiangestellte im hellgrauen Twinset leitete Herrn Drakel herein. Er hatte offenbar Dr. Noltes Angebot gehört und bestellte, statt zu grüßen:»Für mich bitte ein lautes Wasser.«

Die Tür wurde von außen geschlossen. Der Verspätete schüttelte allen die Hand und erklärte:»Ich bedaure, dass Sie auf mich warten mussten. Ein überaus wichtiges Telefonat hat mich aufgehalten.« Da keiner fragte, fuhr er fort:»Über Nacht ist eine E-Mail aus der Zentrale in Hongkong mit einer Anweisung eingetroffen. Da die mich sehr überraschte, wollte ich sie mir telefonisch bestätigen lassen. Nun ist es nie leicht, das zuständige Vorstandsmitglied einfach anzurufen. In Hongkong erreicht man durch die Zeitverschiebung sowieso nur früh morgens jemanden. Es dauerte eine Ewigkeit. Schließlich bestätigte er mir betont knapp, dass er das, was er schreibe, auch meine. Hoffentlich habe ich ihn durch die Rückfrage nicht für alle Zeiten zum Feind gemacht. Die Maske der Asiaten ist undurchschaubar, besonders am Telefon.«

Herr Gabor, der Verkäufer, unterbrach das selbstgefällige Lachen: »Uns würde noch mehr interessieren, was das Schlitzauge Ihnen befohlen hat.«

Julia Blank hätte zu gerne Drakels Gesicht von vorne gesehen. Da sie neben ihm saß, blieb ihr verborgen, ob er den Stich versteinert wie ein Asiate wegsteckte. Lange genug arbeitete er mit ihnen. So konnte sie nur vermuten, dass er die drei stillen Atemzüge brauchte, um nicht aggressiv zu reagieren. Dann fuhr er mit unveränderter Stimme fort: »Der Preis muss um 3 Millionen Euro gesenkt werden.«

Herr Gabor erbleichte. Eine Sekunde später brauste er auf: »Das kommt überhaupt nicht infrage. Wir haben uns auf 30 Millionen geeinigt und dabei bleibt es. Jetzt fünf vor zwölf beim Notar den Preis um zehn Prozent zu drücken, ist ungeheuerlich.« Sein Kopf glühte inzwischen rot. Julia Blank spürte Hitze in sich aufsteigen. Herr Dr. Nolte schüttelte bemüht unauffällig mit gesenktem Blick den Kopf.

Der Käufer erklärte: »Vergessen Sie bitte nicht, dass wir 90 Millionen Euro Schulden übernehmen müssen. Für uns summiert sich der Kaufpreis auf 120 Millionen. Die 3 Millionen entsprechen deshalb nur zweieinhalb Prozent.«

Die Zahl 120 Millionen erinnerte Julia an eine Zeitungsnotiz, die sie am Wochenende gelesen hatte. Für den Rekordbetrag war tags zuvor das Gemälde ‚Der Schrei' von Edvard Munch versteigert worden, viel Geld für ein Bild im Vergleich zu einer profitablen Firma.

Der Verkäufer brauste erneut auf: »Über den Preis haben wir lange genug verhandelt und waren uns schlussendlich einig. Heute geht es nur noch um die notarielle Besiegelung. Was bewegt Ihren Vorgesetzten, wieder von vorne anzufangen?«

»Nur eine der drei Produktionslinien mahlt aromaschonend. Die beiden alten müssen bald verschrottet und durch Gefriermühlen ersetzt werden.«

»Was für ein Quatsch! Das wissen Sie genau. Außerdem war das von Anfang an bekannt.«

»Bedenken Sie bitte auch die Konkurrenzsituation innerhalb des Konzerns. Wenn irgendwo auf der Welt ein anderes Projekt eine höhere Rendite verspricht, gibt es für die hiesige Übernahme nur eine Chance, der Preis muss angepasst werden. Wie viel sind Sie bereit zu akzeptieren?«

Herr Gabor presste die Lippen und schnaufte durch die Nase. Er schloss die Augen, wahrscheinlich rechnete er. Mit wütendem Blick beugte er sich vor und fauchte: »Um die Sache hier und jetzt zum Abschluss zu bringen, verzichte ich auf eineinhalb Millionen. Aber keinen Cent mehr. Das können Sie mir glauben.« Erschöpft ließ er sich zurückfallen. Die Lehne schwang. Das Leder knirschte. Julia Blanks Achseln nässten. Sie hatte sich ihr dunkelblaues Wollkostüm angezogen, weil nur acht Grad Höchsttemperatur vorhergesagt wurde, ziemlich winterlich für den 7. Mai. Den kurzen Weg um die Ecke von der Bank zum Notariat war sie zu Fuß gegangen. Den Schirm hatte sie nicht aufspannen müssen.

Herr Drakel holte tief Luft: »Da sind wir uns ja schon auf halbem Wege entgegengekommen.« Er drehte sich zu seiner Bankerin: »Um wie viel ist die Bank bereit, die Provision zu reduzieren?«

Obwohl Julia Blank die Frage befürchtet hatte, stockte ihr Atem. Sie hatte mitgerechnet und antwortete schnell, um dem drohenden Augenzucken zuvorzukommen: »Um diesen Deal heute abzuschließen, senken wir die Provision um eine halbe Million Euro, ohne Präjudiz und bei voller Verschwiegenheit aller.« Damit lag sie innerhalb des Verhandlungsspielraums, über den sie ohne Rückfrage entscheiden durfte. Es ärgerte sie, dass sie gleich bei ihrem ersten Projekt so viel Nachlass gewähren musste. Hoffentlich würde sie deshalb nicht vom Chef gerügt werden. Hauptsache ihr Bonus litt dadurch nicht über Gebühr. Korrekt kalkuliert verzichtete sie auf 15.000 Euro. Ihr blieben immerhin noch 93.000. Erheblich mehr als gar nichts, falls der Deal platzen sollte. Danach sah es jedoch im Augenblick noch aus.

Dr. Nolte wandte sich an Herrn Drakel: »Nun sind Ihnen alle schon auf Zweidrittel entgegengekommen, damit sollten Sie es gut sein lassen.«

Der Käufer schloss theatralisch die Augen, wippte dreimal auf seinem Stuhl und nickte: »Einverstanden, so soll es sein.«

Der Notar griff zum Telefon und ließ die Dokumente mit geänderten Beträgen sofort neu ausdrucken.

Nachdem alle unterschrieben hatten, verabschiedeten sie sich mit Handschlag. Draußen, außer Hörweite, fragte Julia Blank den Käufer: »Haben Sie bei anderen Gelegenheiten ähnliche Anweisungen in letzter Sekunde erhalten?«

Herr Drakel grinste: »Es gab gar keine. Auf die Idee bin ich gestern Abend gekommen, als ich erfuhr, dass Herr Gabor bereits öffentlich gefeiert hatte und gleich auf Weltreise geht. Das kommt meinem Bonus zugute.«

»Und meinem hoffentlich nicht zuschlechte«, erwiderte sie spitz. Ob sein Zuspätkommen auch nur vorgetäuscht war, interessierte sie nicht mehr. Sie hatte Herrn Drakel ohnehin sämtliche Sympathiepunkte gestrichen.

Nachmittags lud Julia Blank ihr Team zu Kaffee und Kuchen ein. Sie hätte zwar lieber ihre durchgeschwitzte Kleidung gewechselt, aber die Tradition des Hauses ging vor. Oft genug hatte sie sich auf diese halbstündigen Erfolgsfeiern gefreut. Heute richteten sich alle Augen auf sie. Ausführlich berichtete sie über die freche Nachverhandlung. Man kam überein, dass der Verkäufer selbst schuld sei, wenn er vorher öffentlich feiert und vom Notar aus in See sticht. Den Provisionsnachlass für die Bank erwähnte sie nicht. Dabei kreisten ihre Gedanken immer wieder um den bevorstehenden Abend mit ihrem Freund Stefan Rechter.

2

Julia kam bereits kurz nach 17 Uhr, also über zwei Stunden früher als üblich, nach Hause. Die moderne 4-Zimmerwohnung lag auf halber Strecke zwischen ihrem Büro am Jungfernstieg und Stefans am Johannes-Brahms-Platz. Die Fünfminutenfußwege begünstigten die langen Arbeitszeiten der beiden. An Wochenenden brauchten sie nur um die Ecke gehen, um im gepflegten Grün des Parks ‚Planten un Blomen' zu wandern oder zu picknicken.

Frisch geduscht föhnte sich Julia ihre strohblonden Haare zur Windstoßfrisur. So gefiel sie Stefan, dem bekennenden Langhaarfan, wenigstens einigermaßen. Mehrfach hatte er vorgeschlagen, sich bei seinem Friseur frisieren zu lassen: »Bei meinem Männerfriseur kostet dein Stoppelschnitt nur knapp die Hälfte.« Dabei ging es ihm mehr um das Necken als um das Sparen. Geld verdienten sie beide so reichlich, dass sie darüber selten sprachen. Stefan Rechter kassierte als selbstständiger Strafverteidiger zwar unregelmäßig allerdings in der Summe mehr, als Julia regelmäßig jeden Monat überwiesen wurde. Durch ihren Bonus könnte sie ihn dieses Jahr vielleicht überholen. Das würde sie von sich aus nicht herausstellen. Angeblich verunsicherte das viele Männer. Auch wenn Stefan das gewiss bestreiten würde, wollte sie auch eine unbewusste Verunsicherung vermeiden.

Sie entschied sich, die taillierte, karminrote Bluse mit tiefem V-Ausschnitt locker über dem schwarzen Minirock hängen zu lassen. Vor dem Spiegel gab sie sich zufrieden. Die unauffällig geschwärzten Augen schimmerten im hellen Blau freundlich aus ihrem hochstirnigen Gesicht. Falten zeigten sich nur beim Lachen. Wenn sie mitunter nicht in Konfektionsgröße achtunddreißig passte, unterstellte Stefan dem Hersteller, beim Zuschnitt des Stoffes gegeizt zu haben.

Da Julia heute vor Stefan heimgekehrt war, deckte sie den Abendbrottisch. Beim Entkorken der Rotweinflasche überlegte sie immer noch, wie sie das Gespräch beginnen sollte. Die Geräusche an der Wohnungstür beendeten ihre Erwägungen. Stefan kam freudestrahlend in die Küche: »Oh, du bist ja schon da. Ist dein Deal besiegelt worden?«
Julia nickte.
»Glückwunsch! Wollen wir das in einem der Restaurants am Großneumarkt feiern?«
Sie schüttelte lächelnd den Kopf: »Ich habe schon alles für unser Abendbrot vorbereitet.«
»Dann ziehe ich mich nur noch rasch um.« Er verschwand mit dunklem anthrazitfarbenen Anzug, weißem Oberhemd und röt-

licher Seidenkrawatte im Schlafzimmer. Nach wenigen Minuten kehrte er in hellblauen Jeans und dunkelblauem Polohemd zurück. So wurde seine schlanke Figur noch deutlicher erkennbar. Wie so oft hatte er nach dem Umziehen vergessen, sich die Haare zu kämmen. Hinten standen sie hoch, links hingen brauen Strähnen über das Ohr. Vom morgens sorgfältig gezogenen Scheitel war wenig übrig geblieben.

Zum ersten Schluck stießen sie die Weinkelche an, schauten sich in die Augen und wünschten sich guten Appetit. Stefan fügte hinzu: »Und nochmals Glückwunsch für deinen ersten selbstgemanagten Deal. Da steht dir ja ein anständiger Bonus zu.«
Julia nickte versonnen: »Ich weiß gar nicht, ob ich das Mal erwähnt habe. Aber das war von Anfang an mein berufliches Ziel. Als ich mich nach dem Abitur für eine Berufsausbildung entscheiden musste, kursierten in den Medien missgünstige Berichte über unverschämt hohe Bonuszahlungen für Investmentbanker. Deshalb erkundigte ich mich nach dem sichersten Weg, die auch zu bekommen. Mir wurde empfohlen, mit einer Lehre zur Bankkauffrau zu starten und danach Betriebswirtschaftslehre zu studieren. Die Praktika sollte ich möglichst in M&A-Abteilungen absolvieren. Fünfzehn Jahre nach dem Abi habe ich es geschafft.«
»Da kannst du wirklich stolz sein. Ich bin es jedenfalls.«
»Nun bleiben mir nur noch wenige Jahre für mein persönliches Ziel.«
»Was, das hast du obendrein auch noch?«
»Ja, das hättest du wohl nicht gedacht«, schmunzelte Julia.
»Nun sag schon!«
Sie holte tief Luft: »Ich möchte gerne ein Kind, am liebsten zwei.«
Stefan lachte: »Das ist vergleichsweise einfach. Das bekommen wir bestimmt hin. Das macht sogar Spaß.«

»Ich möchte kein uneheliches Kind.« Julia unterdrückte, schwer zu atmen.

»Ich hätte nicht erwartet, dass eine moderne Frau wie du, so antiquierte Moralvorstellungen hat.«

»Doch«, hauchte Julia.

»Dann soll das erste Kind wahrscheinlich auch frühestens neun Monate nach der Hochzeit zur Welt kommen.«

»Es soll vor allem unseren gemeinsamen Nachnamen tragen. Das Kind von Stefan und Julia Rechter.« Julia spürte, wie sich Verlegenheit in Hitze verwandelte. Ungeduldig wartete sie auf seine Reaktion.

Stefan schwieg unerträglich lange. Dann wisperte er: »Muss das denn sein?«

Jetzt spulte Julia ab, was sie sich unzählige Male im Stillen überlegt hatte: »Ich bin dreiunddreißig Jahre alt. Man sagt, Frauen sollten spätestens mit fünfunddreißig ihr erstes Kind gebären, das zweite höchstens zwei, drei Jahre später.«

»Mit Kindern ist deine Bankerkarriere arg gefährdet. Du willst sie gewiss selbst großziehen.«

»Ja unbedingt. Das ist ja gerade mein persönliches Ziel. Das berufliche habe ich erreicht. Falls meine Bankerzeit dadurch bald wieder beendet sein sollte, sei es drum. Finanziell wird uns das kaum einschränken.«

»Stimmt, aber befürchtest du nicht, dass du dich als Mutter unterfordert fühlst? Stell dir nur mal vor, den ganzen Tag, ach was sage ich, mindestens fünfzehn Jahre ganztags das Hausmütterchen zu spielen.«

»Das ist mir durchaus bewusst. Die sechzig Stundenwochen als Investmentbankerin haben mich auch nicht abgeschreckt. Mir geht es im Augenblick mehr um dich. Wie denkst du darüber?«

»Du meinst, heiraten und Kinder großziehen?«

Julia nickte mit stockendem Atem und zwang sich, Stefan in die Augen zu schauen.

Er schlug die Augen nieder und seufzte: »Ich glaube, ich möchte lieber nicht.«

Julia versteifte. Ihr Herz pumpte schneller. Dann sagte sie bemüht ruhig: »Was ist denn das für eine laue Absage? Meinst du mit, ich glaube, ich möchte lieber nicht, in Wahrheit, dich will ich nicht heiraten?«

»Nein, so ist das nicht«, stieß Stefan heraus und verstummte.

Als Julia nicht mehr warten konnte, fragte sie: »Wie ist es dann?«

Er schluckte: »Ich weiß es nicht. Muss das denn mit der Heirat sein?«

»Für mich ist das wichtig und für das Kind noch mehr.«

»Für mich kommt das zu überraschend. Ich brauche noch Bedenkzeit.«

Julia schüttelte den Kopf und stand auf: »Wir kennen uns nun schon über drei Jahre und wohnen seit gut zwei Jahren zusammen. Was für neue Erkenntnisse erwartest du durch eine Bedenkzeit?« Sie warf ihre Serviette auf den Tisch und eilte in ihr Arbeitszimmer. Ihr Augenzucken kündigte sich an.

Sie setzte sich an den Schreibtisch, hielt ihre Fingerspitzen an die äußeren Augenwinkel und starrte vor sich hin. Vor Enttäuschung war ihr zum Heulen zumute. Aber die Wut deichte die Augen ein. Sie schaute aus dem Fenster. Es nieselte. Der feine, dichte Regen verdunkelte die Aussicht auf die Rotklinkerfassade gegenüber. An sich ging Anfang Mai in Hamburg die Sonne erst in einer Stunde so gegen 21 Uhr unter. Julia hörte Geschirrklappern. Stefan räumte den Tisch ab und belud die Geschirrspülmaschine. Bald verriet die Erkennungsmelodie, dass die Tagesschau im Fernsehen empfangen wurde. Julia fühlte sich nicht in der Stimmung, sich dazu zugesellen.

Sie war froh, dass sie ihr Augenzucken gebändigt hatte. Nach einer Viertelstunde verstummte das Gebrabbel. Von Stefan war nichts zu hören. Julia vermutete, dass er sich in seinem Arbeitszimmer vor dem Computer verkroch.

Die Denkschleifen in ihrem Kopf rotierten weiter. ‚Warum ziert sich Stefan so? Warum stimmt er nicht begeistert zu? Oh ja Kinder, das wäre eine Bereicherung unseres gemeinsamen Lebens. Natürlich müssen wir heiraten, schon wegen der Kinder.'
Doch so hatte er leider nicht reagiert. Julia fragte sich, wie sie es sonst hätte ansprechen sollen. Sie fand auch darauf keine Antworten. Schließlich quälten sie bislang unbekannte Zweifel. ‚Liebt Stefan mich nicht mehr?' Julia versuchte, den Gedanken sofort zu verwerfen. Dafür gab es bis vorhin keinerlei Hinweise. Indes sollen es ja angeblich die Betroffenen als letzte merken. ‚Wie steht es denn mit meiner Liebe? Wenn Stefan mich nicht heiraten will, und ich auf dem Kinderwunsch bestehe, müsste ich mir schleunigst einen anderen Ehemann suchen.'

Das erinnerte sie an die trostlose und schließlich gescheiterte Ehe ihrer Eltern. Mit Stefan deutete sich zum Glück keine Wiederholung dieser Tristesse an. Aber Kinder ohne Trauschein hielt sie für anstands- und rücksichtslos. Angesichts ihrer Kindheit sollten es ihre Kinder besser haben. Um Julia hatte sich damals vorwiegend ihre Oma gekümmert. Von der weisen Frau hatte sie viel gelernt. Auch das wollte Julia ohne Not weder ihrer Mutter noch ihrer Schwiegermutter zumuten.

Um sich aus diesem Gedankenknäuel zu befreien, legte Julia sich auf die Liege in ihrem Arbeitszimmer. Das Karussell drehte sich weiter. Zum Bremsen blätterte sie in einem bunten Stadtmagazin.

Das Werbeblatt steckte jeden Monat unaufgefordert im Briefkasten. Dabei stieß sie auf einen scheinbar redaktionellen Artikel über einen Hamburger Autohändler. Normalerweise interessierte sie das Thema nicht. Aber der Gebrauchtwagenhändler schaute so aufreizend über einen eleganten Sportwagen, dass Julia sich erst die Fotos ansah, und dann sogar den Text durchlas. Den kahl geschorenen Peter Knust zierte ein Dreitagebart. Sein sympathischer Blick linderte die Härte seiner unteren Gesichtspartie. Die passte zu den Ringerschultern. Unter dem taillierten Oberhemd stellte Julia sich einen Waschbrettbauch vor. Angeblich handelte der Hochgelobte ausschließlich mit jungen Edelkarossen und genoss seit Jahren das Vertrauen seiner anspruchsvollen Stammkunden. Selbst das ausführlich beschriebene Auto, ein Mercedes-Cabriolet mit Hardtop, faszinierte Julia. In der nahe platzierten Anzeige wurde solch ein SLK für 29.500 Euro angeboten. Julia riss die Seite aus dem Magazin und steckte sie in ihre Handtasche. Falls sich morgen die Chance bot, wollte sie eine Probefahrt machen. Ihr alter Mini Cooper müsste sowieso durch einen standesgemäßeren Wagen ersetzt werden.

Sie las noch zwei Stunden in einem Schmöker. Als ihr die Augen zufielen, beschloss sie, auf der Liege zu schlafen. Jetzt wollte sie nicht noch mit Stefan die Nacht durchdiskutieren. Getrennte Betten hatte es bislang nur ein Mal gegeben. Damals quälte Stefan die ganze Nacht solch ein Husten, dass sie alle paar Minuten wach gebellt wurde.

Auf dem Weg in das Bad sah sie, dass Stefan die Weinflasche ausgetrunken hatte. Julia nahm an, dass er schlief, da aus dem Schlafzimmer kein Licht mehr schimmerte. Sie programmierte ihr Handy so, dass sie um 7 Uhr geweckt wurde. Das gab ihr ausreichend Vorlauf für die kurze Besprechung mit ihrem Chef um 8:30 Uhr.

3

Am nächsten Morgen schlief Stefan noch, als Julia aufbrach. Das ließ sie vermuten, dass sein erster Termin erst nach 9 Uhr stattfand.

Auf dem Weg zu ihrem Chef prüfte Julia im Toilettenspiegel, ob man ihr die Enttäuschung über Stefans Ausweichen ansah. Sie entdeckte keine Veränderungen. Ihr Vorgesetzter empfing sie in seinem Büro. Das war nicht nur dreimal so groß wie ihres, sondern hatte auch noch ein Vorzimmer. Er war am Montag auf einer Sitzung in Frankfurt gewesen und musste spätestens in einer Stunde wieder zum Flughafen. Er ließ sich kurz berichten, wie der Notarbesuch gelaufen war. Sie erwähnte nicht, was sie über die Anweisung für die Nachverhandlung erfahren hatte. Vielleicht wollte sich der Zuspätkommer vor ihr auch nur brüsten. Julias Chef gratulierte zum erfolgreichen Abschluss und kommentierte den Provisionsnachlass: »Besser jetzt 2,5 statt 3 Millionen Euro fakturieren, als wochenlang eventuell für nothing weiterverhandeln. So haben Sie und Ihr Team mehr Zeit für die pending cases.« Dabei durchsuchte er seinen Aktenkoffer, entnahm einige Schnellhefter und verstaute andere, die griffbereit daneben lagen. Da er keinen gehetzten Eindruck vermittelte, sagte Julia Blank: »Bei den pending cases liegen wir gut im time schedule. Hätten Sie Bedenken, wenn ich heute ein day off nehme?« Sie hatte sich bei der Arbeit an diese englische Floskelsprache so gewöhnt, dass sie sich bemühte, sie außerhalb der Bank zu vermeiden. Er drückte den Deckel des Aktenkoffers zu und lächelte sie an: »No problem. Eineinhalb Tage bekämen Ihnen und Ihrem Zeitkonto noch besser.«

Zurück in ihrem Arbeitszimmer erledigte sie geschwind mehrere E-Mails und Telefonate. Dann informierte sie das Sekretariat, dass sie erst am Donnerstag wieder antanzen werde. Als Letztes rief sie Stefan an. Sein Handy bot an, eine Nachricht zu hinterlassen. Das verkniff sie sich. Heute Mittag würde sie ihn wahrscheinlich erreichen. Vielleicht könnten sie auch zusammen essen.

Vor der Haustür stieß sie beim Schlüsselsuchen in der Handtasche auf den Zeitungsausschnitt über den kernigen Peter Knust und das schicke Mercedes-Cabriolet. Oben in der Wohnung schlüpfte sie aus den Pumps, schwang sich auf das Sofa und wählte mit ihrem Handy die Festnetznummer des Gebrauchtwagenhändlers.
Er meldete sich mit kräftiger Stimme: »Autohandel, Peter Knust.«
»Bieten Sie noch den SLK für 29.500 an?«
»Noch ja, aber heiß begehrte Cabrios sind schnell weg.«
»Kann ich mir den Wagen gleich mal ansehen?«
»Gerne, er steht bei mir auf dem Platz an der Ecke Altonaer Straße, Schulterblatt. Wissen Sie, wo das ist?«
»In einer halben Stunde bin ich spätestens bei Ihnen.«
»Solange werde ich ihn für Sie reservieren, wenn Sie mir Ihren Namen verraten.«
»Julia Blank, dann bis gleich.«

Vor dem Garderobenspiegel beschloss sie, den dunkelblauen Hosenanzug anzubehalten, verzichtete jedoch auf den dünnen Mantel. Die gelegentlich scheinende Sonne hatte das Thermometer auf zwanzig Grad erhöht. Als Schuhe bevorzugte sie jetzt die flacheren Halbschuhe mit breiterem Absatz. Damit ging sie sicherer die Tiefgarageneinfahrt hinunter und trat kräftiger die Pedale in ihrem Mini Cooper.

Das Gebäude auf dem Eckgrundstück des Autohändlers entpuppte sich als ehemalige Tankstelle. Statt der Zapfsäulen drängte sich eine Handvoll polierter Autos unter dem Betondach vor der Garage und dem Kassenraum. Der Bau stammte noch aus der Zeit, als dort nur bezahlt wurde und allenfalls ein Stadtplan angeboten wurde. Auch dort verriet nichts, welche Mineralölfirma hier ursprünglich ansässig war. Der Kassentresen war durch einen Schreibtisch mit zwei Besucherstühlen ersetzt worden. Als einzige Dekoration verstaubten auf einem Sideboard an der Rückwand Modellautos. Alles ziemlich dürftig, befand die in dieser Hinsicht verwöhnte Bankerin. Sie erkannte Peter Knust sofort. Er begrüßte sie mit kräftigem Handschlag: »Frau Blank, nehme ich an. Sie kommen wegen des SLKs. Richtig?«

Julia nickte. Sie hatte sich den Kahlkopf größer vorgestellt. Ihn zierte nicht mehr, wie auf dem Foto, der Dreitagebart. Dafür sprossen Härchen auf der Schädeldecke. Als sie nebeneinander vor dem Wagen standen, schätzte Julia, dass er sie um ein höchstens zwei dünne Finger überragte, Stefan dagegen eine volle Handbreite, die fehlte ihm in der Breite. Der dunkle Lack des SLKs auf dem Foto erwies sich als anthrazit metallic. Die elegante Linienführung gefiel Julia immer noch. Nicht zu lang, nicht zu breit, nicht zu hoch, sondern schick und elegant. Gleichwohl nicht zu modisch, sodass er ihr auch noch in einigen Jahren gefallen könnte.

»Steigen Sie doch mal ein.« Dabei öffnete er die Fahrertür. Julia setzte sich auf den hellbeigefarbenen Ledersitz. Durch das Leder an den Türen und am Armaturenbrett entstand nicht der sonst übliche Eindruck, in einer Plastikdose zu sitzen. Mit den Fingerspitzen strich sie über den Beifahrersitz und umfasste das Lenkrad. Das

fühlte sich durch den gepolsterten Lederüberzug griffig an. Peter Knust neigte sich zu ihr herunter: »Sie können gerne mal eine Probefahrt machen.«
»Zeigen Sie mir bitte zunächst, wie man das Dach öffnet.«
Als Studentin war sie mal klitschnass geworden, als sie bei einem plötzlichen Regenguss helfen musste, ein VW-Käfer-Cabriodach zu schließen. Solche Dusche wollte sie sich nie wieder aufhalsen.

Peter Knust beugte sich noch weiter herunter. Der Kopf kam ihr sehr nahe. Er streckte den linken Arm dicht an ihren Brüsten vorbei und wies auf einen Knopf in der Mittelkonsole. Sie roch einen Hauch Rasierwasser. Mit dem Schalter ließ sich das Dach, ohne auszusteigen, durch Servomotoren öffnen. Der Kofferraum wurde dadurch zum Dachraum. Zwei mittelpralle Einkaufstüten würden hineinpassen. Leiderfahren probierte Julia gleich noch das Schließen. Auch das funktionierte auf Knopfdruck.
»Dann fahre ich mal um den Block. Aber bei dem Wetter natürlich offen.« Beim Starten des Motors tauchte im Fenster der Garage neben dem Kassenhäuschen das Gesicht eines Mannes mit dunklem Teint auf. Der krause Schwarzhaarkopf verschwand sofort wieder.

Der Wagen lenkte sich leicht und summte leise. Auf glatter Fahrbahn glitt er fast lautlos dahin. Julia hatte noch zwei Härtetests im Sinn. Auf dem Kopfsteinpflaster am Fischmarkt klapperte ihr Mini Cooper so laut, dass sie jedes Mal befürchtete, er würde endgültig auseinanderfallen. Beim SLK rumpelten nur die Reifen dezent. Zu Hause in der Tiefgarage verlangten die etwas größeren Abmessungen mehr Präzision. Ohne die Abstandsanzeige wäre Julia wahrscheinlich ins Schwitzen geraten. Auf der Rückfahrt genoss sie nicht nur den Fahrtwind, sondern auch die Blicke vor roten Ampeln.

Männer guckten zweimal, erst zum Wagen, dann zu ihr. Frauen schauten meistens betont desinteressiert weg.

Zurück auf den Hof des Autohändlers parkte Julia bewusst neben ihrem Mini, um die beiden zu vergleichen. Sie stieg aus, umrundete die beiden Wagen und dachte. ‚Ein bisschen länger ist der SLK schon, aber ich passe ja auch nicht mehr in Größe 36. Dann ist es wohl an der Zeit, dass ich mit Mitte dreißig mein Jungmädchenauto gegen den Damenwagen tausche.'
Peter Knust gesellte sich zu ihr: »Der SLK steht ihnen eindeutig besser, wenn ich das so sagen darf.«
»Das Modell ja, allerdings dieser Wagen gar nicht. Der dunkle Lack sieht bei unserem Wetter meistens schmutzig aus. Das helle Leder fängt jetzt bereits an zu schmuddeln. Am schlimmsten ist jedoch der Rauchergestank. Den rieche ich sogar bei geöffnetem Dach.«
Peter Knust bekam dicke Backen und einen roten Kopf: »Und was sollte dann die Probefahrt?«
»Immerhin weiß ich jetzt, dass mir ein SLK besser steht als der Mini. Rufen Sie mich an, wenn Sie einen Nichtraucherwagen in silbermetallic mit dunklem Leder im Angebot haben.« Julia diktierte ihm ihre Handynummer. Als sie abfuhr, sah sie sein wütendes Gesicht. ‚Der will mich gewiss nie wiedersehen', dachte sie, ‚vielleicht hätte ich mich wenigstens zum Schein für Höchstgeschwindigkeit und Benzinverbrauch interessieren sollen.'

Auf der Heimfahrt rief Julia bei Stefan an. Sie hatte Glück, er meldete sich: »Hallo Julia, du hast es vorhin schon mal versucht. Da hatte ich Mandantenbesuch. Ich wollte dich danach in der Bank nicht stören.«
»Ich habe heute und morgen frei. Wollen wir zusammen zum Lunch?«

»Ich bin leider schon verabredet. Mein Büronachbar, Rechtsanwalt Teilke, will mich wahrscheinlich wieder zur Bürogemeinschaft überreden. Heiratsanträge sind zurzeit offenbar en vogue. Gestern Abend du und heute Mittag Kollege Teilke.«
»Bittest du ihn auch um Bedenkzeit?« Julia wartete seine Antwort nicht ab, sondern drückte die rote Abbruchtaste und grollte. ‚Soll ich ihn jetzt auch noch bedauern?' Vor Wut schaltete sie ihr Handy aus.

Im Kühlschrank fand sie Parmesankäse. Den raspelte sie sich über geölte Spaghetti, eines ihrer Lieblingspastagerichte. Das aß sie nur alleine, und deshalb selten. Stefan verschmähte es als zu simpel. Dazu schmeckten ihr zwei Gläser Rotwein besonders gut.

Nach dem Essen schlunzte sie auf dem Sofa und fragte sich, was sie am Nachmittag und morgen den ganzen Tag anstellen könnte. Dringende Erledigungen fielen ihr nicht ein. Shopping lockte zwar immer, wäre jedoch wenig sinnvoll. Für den Sommer war sie eingekleidet. Für den Herbst waren die Läden Anfang Mai noch nicht bevorratet. Jetzt trotzdem irgendetwas zu kaufen, käme einem Frustkauf gleich. Das kannte sie von zickigen Sekretärinnen. Der Gedanke ließ sie zweifeln. ‚Ist mein SLK-Traum etwa auch nur ein Frustprojekt?'

Später, als sie wissen wollte, ob die Stunde zum Kaffeetrinken geschlagen hatte, bemerkte sie, dass ihr Handy noch ausgeschaltet war. Sie schaltete es ein und erfuhr, dass es tatsächlich kurz nach 16 Uhr war, und es zwei Anrufe gegeben hatte. Der erste war Stefan. Ihn wollte sie jetzt nicht stören. Während der Arbeitszeit vermied sie das möglichst. Die zweite Nummer kannte sie nicht. Sie drückte auf Rückruf.

Peter Knust, der Autohändler, meldete sich. »Hallo Frau Blank, Sie haben offenbar beste Unterstützung durch Fortuna, der Glücksgöttin. Ich habe eben genau Ihren Traumwagen reinbekommen, fünfundzwanzigtausend rauchfreie Kilometer, also wie neu, in silbermetallic mit schwarzem Leder.«

Tatsächlich hatte er sofort nach Julia Blanks Abfahrt wie wild telefoniert, um ihren Wunschwagen zu ergattern.

Das mit Fortuna bezweifelte Julia. Dennoch verschlug es ihr für einen Moment die Sprache. Deshalb redete Peter Knust weiter: »Den sollten Sie sich gleich mal ansehen. Wo darf ich Sie für eine Probefahrt abholen?«

Da Julia ungern von Nachbarn beobachtet werden wollte, wie sie zu einem Fremden in einen SLK stieg, schlug sie vor: »Sie kennen gewiss das Museum für Hamburgische Geschichte? Dort vor dem Eingang warte ich auf Sie. Wann werden Sie eintreffen?«

»Ich fahre gleich los und bin spätestens in einer Viertelstunde dort.«

Julia betupfte sich mit Dior, wuschelte sich die Haare und schlüpfte wieder in ihre Breithackenschuhe. Noch lugte die Sonne zwischen den Wolken durch. Sie ging die Auffahrt zum Museum hoch. Dort parkte ein silberner SLK direkt vor dem Eingang. Peter Knust schwang sich aus dem offenen Wagen und kam ihr grüßend die letzten Schritte entgegen. Er trug noch wie am Vormittag das schwarze Oberhemd und die helle Leinenhose. Wie selbstverständlich setzte sich Julia ans Steuer. Dieser Wagen schien ihr, flotter zu beschleunigen als der dunkle. Ab der dritten Ampel hatte sich ihr rechter Fuß daran gewöhnt. Das laute Pflaster am Fischmarkt überstand der silberne auch ohne Klappern. Als sie die Landungsbrücken passierten, sagte Peter Knust: »Jetzt kommen wir gleich an meiner Jacht vorbei. Die sollten Sie sich ansehen.«

»Aha, Ihre Jacht liegt an den Landungsbrücken?«

Er lachte:»Natürlich nicht, aber gleich dahinter.«
»Gleich dahinter befindet sich die Überseebrücke. Dort legen gelegentlich übergroße Pötte wie Kreuzfahrtdampfer oder Kriegsschiffe an.«
»Stimmt, und direkt daneben gibt es einen kleinen Jachthafen, eigentlich für Gäste oder für Leute, die bereit sind, die höheren Gebühren zu bezahlen. Dort dümpelt meine Gloria. Ich lade Sie zum Kaffee auf dem Hauptdeck ein, dann können Sie sich mein Schmuckstück anschauen.«
Da Julia noch nie solch ein Schiff betreten hatte, und die Uhr im Armaturenbrett 16:45 Uhr anzeigte, sagte sie:»Einverstanden, eine Viertelstunde habe ich noch Zeit.«
»Dann lassen Sie uns gleich da vorne in die Tiefgarage fahren. Von dort ist es am dichtesten.«
Sie stoppte an der Schranke, zog den Parkschein heraus und schlich mit dem SLK in den dunklen Tunnel unter der Uferpromenade. Alleine hätte sie sich hier nie hineingetraut. Aber in Begleitung des Bärenstarken kam keine Furcht vor den finsteren Winkeln auf. Draußen schritten sie schier endlose Gangways in Serpentinen hinunter, bis sie zu den Pontons gelangten, an denen die Boote vertäut schaukelten. Julia schnupperte den typischen Hafengeruch nach Algen, Teer und Diesel. Graue Wolken hatten sich vereinigt und sperrten die Sonne aus. An den schwimmenden Stegen lagen die Schiffe nach Größen sortiert, in Ufernähe viele Kleinboote, dazwischen drei mittelgroße Motorjachten und direkt am Flusslauf ein Dreimastsegler. Julia folgte Peter Knust zur hinteren Motorjacht, ein weißes Schiff mit blauer Persenningabdeckung am Heck. Kaum einen halben Meter über der Wasserlinie schauten kleine, runde Bullaugen aus dem Kunststoffrumpf. Die Größe der Fenster darüber wäre als normal zu beschreiben, allerdings waren die Senkrechten der Rahmen schräg nach hinten ausgerichtet. Der Winkel

passte zur Neigung der Frontscheibe. Das gab dem Boot etwas Schnittiges. Auf dem flachen Dach war der offene Kommandostand auch mit einer blauen Plastikplane verhüllt. Peter Knust stellte sich mit einem Fuß auf das Heck und fummelte an der Abdeckung, bis er sie zur Hälfte aufklappen konnte. Dann reichte er Julia die Hand zum Übersteigen. ‚Für lange oder enge Röcke ungeeignet‘, dachte sie und beglückwünschte sich, ihren maritimen Hosenanzug anbehalten zu haben. Sie wartete neben ihm auf dem Außendeck. Er öffnete die Tür und trat in den Salon. In der Mitte stand ein rechteckiger Holztisch mit abgerundeten Ecken. An den Längsseiten waren gepolsterte Sitzbänke eingebaut. Es muffelte feucht und ungelüftet. Die vordere Querwand war dreigeteilt, links eine winzige Kombüse, rechts eine schmale Stiege zum unteren Deck und dazwischen der Durchgang zur Brücke. Sie schoben sich an dem Tisch vorbei in die Kommandozentrale. Viele verchromte Hebel, Plastikschalter und Anzeigeinstrumente ließen das senkrechte Steuerrad aus lackiertem Holz wie einen Stilbruch aussehen. Der Hobbyschipper betätigte einige Tasten und sagte beim Verlassen der Brücke: »Ich brühe uns einen Kaffee. Danach zeige ich dir das untere Deck.«

Julia erklärte sich das unabgesprochene Du mit traditionellem Seefahrerduzen an Bord. Sie verzichtete, empfindlich zu reagieren. Immerhin zeigte Peter ihr seinen schwimmenden Privatsalon.

Beim heißen Pulverkaffee erzählte er: »An den Sommerwochenenden schippere ich bei gutem Wetter mit der Gloria die Elbe auf und ab. Bei schlechtem fahre ich lieber in mein Landhaus. Wenn es nicht gar zu übel saut, reite ich stundenlang in der Heide.«

»Alleine?«

»Nicht immer, aber die Frau fürs Leben suche ich noch.«

Julia wunderte sich. ‚Wieso hat solch ein erfolgreicher Prachtkerl im besten Alter keine Frau gefunden? Na, ich muss ganz still sein, ich bin ungefähr genauso alt und fast genauso dran.'
Peter brach das Schweigen: »Nun zeige ich dir das untere Deck.«
Am Ende der steilen Holztreppe verbargen Schiebetüren eine Toilette, ein Duschbad und ein Schlafzimmer. Julia blieb in der offenen Tür stehen und begutachtete das Doppelbett. Die einteilige Matratze war mit einem bordeauxroten Laken bezogen. Die Bettdecken vermutete sie in den Einbauschränken links und rechts vom Bett. Peter trat so dicht hinter Julia, dass sie seinen Atem im Nacken spürte. Er hauchte: »Darf ich deinen entzückenden Schwanenhals küssen?«
Julia erschauderte und hob die Schultern wegen des wohligen Kitzelns. Seine Hände hielten ihre Oberarme. Seine Lippen berührten den Hals unter dem Haaransatz und über dem Kragen, erst sanft und kurz, dann kräftiger und länger. Er schob sie in die Kajüte und drehte sie um. Minutenlang versanken ihre Augen ineinander, bis sie sich beim Küssen schlossen.

4

Um diese Zeit verließ Stefan Rechter sein Einmannanwaltsbüro. Der bedeckte Himmel verhieß Regen. Auf dem Heimweg holte er den Blumenstrauß, den er Stunden vorher telefonisch bestellt hatte, ab. Mit fünfundzwanzig roten Rosen wollte er Julia bitten, ihn zu heiraten. Sie wartete gewiss schon auf ihn. ‚Da wird Julia sich freuen, dass ich bereits kurz nach fünf nach Hause komme.'

Doch die Wohnung war leer. Stefan steckte die Blumen in die große Henkelvase. Diese platzierte er mitten auf den Esstisch. Obwohl noch lange nicht notwendig, schaltete er probeweise die Deckenlampe darüber ein. Das Licht ließ die dunkelgrünen Blätter glänzen und das Rot der Blüten erstrahlen. Er vermisste den Rosenduft. Noch mehr vermisste er Julia. Vorhin, nachdem sie das Telefonat abgebrochen hatte, hatte er sie auf ihrem Handy nicht erreicht. Sie hatte es sogar ungewöhnlicherweise ausgeschaltet.

Um jetzt nicht nutzlos rumzusitzen, deckte Stefan den Abendbrottisch. Jedes Mal, wenn er den Fahrstuhl hörte, hoffte er, dass sie kam. Stefan wollte in der Tiefgarage nachsehen, ob sie mit dem Wagen unterwegs war, entdeckte jedoch ihren Autoschlüssel auf der Garderobenablage. ‚Dann wird sie sicherlich gleich kommen.'

Um 18 Uhr hielt er es nicht mehr aus. Er wählte ihre Handynummer. Nach schier endlosem Tuten gab er auf. ‚Immerhin ist sie wieder im Netz. In einer Viertelstunde werde ich es erneut versuchen. Wo kann sie nur sein?'

5

Julia lag angenehm ermattet in Peters Armen. Plötzlich piepte ihr Handy oben in der Handtasche. Sie wollte sich aufrichten. Peter hielt sie fest. Julia kicherte und versuchte, sich zu befreien. Es gelang ihr nicht. Peter schwang sich rittlings auf sie und presste ihre Hände seitlich vom Kopf auf die Matratze. Das Telefon verstummte. Julia gab ihren Widerstand auf. Peter umklammerte weiterhin ihre Handgelenke. Lange schauten sie sich in die Augen. Er flüsterte ihr ins Ohr: »Wenn ich dich fesseln darf, könnte ich schon wieder.«

Julia spürte, wie sein erschlafftes Glied leicht anschwoll. Grinsend nickte sie. Er griff mit einer Hand in das Fach über dem Kopfende und holte kurze, dünne Taue heraus. Nach einem langen Kuss mit wildem Zungenspiel schnappte er sich ihre rechte Hand und band sie geschwind am Bettpfosten fest. Das wiederholte er mit ihrer linken Hand und ihren Fußgelenken. Er stand nackt am Fußende des Betts und betrachte seine gefesselte Beute. Julia lag ebenfalls nackt mit gespreizten Beinen auf dem Rücken. Sie sah, wie ihr Anblick ihn erregte. Er beugte sich über sie und küsste sie auf die Stirn und die Brüste. In Richtung ihrer Scharm deutete er einen Fernkuss an. Julia schnurrte.

Dann sagte er: »Ich hole jetzt dein Handy. Währenddessen überlegst du, wie viel dein Mann für deine Freilassung bezahlen kann.«

In der ersten Sekunde erschrak Julia. Da er sie aber nach wie vor anlächelte, erwiderte sie: »Ich bin mir nicht sicher, ob er überhaupt für mich bezahlt.«

»Ich habe nicht gefragt ob, sondern wie viel er bezahlen kann.« Dabei verschwand sein Lächeln. Seine Mundpartie verhärtete sich. Das offenbarte eine unerwartete Brutalität. Er zog sich einen Bademantel über und ging nach oben. Julia zerrte an den Fesseln. Die Fingerspitzen erreichten die Knoten nicht. Peter kam mit ihrer Handtasche zurück und durchwühlte sie. Er fand das Telefon und steckte es in die Tasche des Frotteemantels.

Julia bemühte sich um eine normale Tonlage: »Da du offenbar ein anderes Spielchen im Sinn hast, binde mich bitte wieder los.«

»Das hängt von dir ab. Noch hast du meine Frage nicht beantwortet.«

»Mensch Peter, was soll der Quatsch?«

»Was schätzt du, wie viel Bargeld hat er bei sich und in der Wohnung? Wie viel kann er morgen von der Bank holen?«

»Das geht dich nichts an. Mach mich sofort los!«

»Gerne, aber nur, wenn du auf meiner Seite stehst. Es liegt nur an dir. Bis jetzt hast du noch nicht einmal meine erste Frage beantwortet. Also, wie viel Kohle kann er zusammenkratzen?«
Julia grollte: »Vielleicht 50.000 Euro.«
Peter schnaubte verächtlich: »Das kann jeder. Bei einem Kerl, mit dem du dich einlässt, muss da mindestens noch eine Null dranhängen.«
Julia verdrehte die Augen: »Soll das ein Kompliment sein?«
»Nimm es, wie du willst. Ich will nur wissen, ob er morgen eine halbe Million zusammenbekommt.«
»Das halte ich für unrealistisch. Selbst die Hälfte würde ich bezweifeln.«

6

Um 18:30 Uhr wählte Stefan Rechter erneut mit seinem Handy Julias gespeicherte Handynummer. Diesmal kam die Verbindung zustande. Es meldete sich allerdings eine fremde Männerstimme: »Ja hallo?« Im Hintergrund dröhnte Schlagermusik.
»Wer sind Sie? Ich will Julia sprechen.«
Die Stimme fragte: »Wer sind Sie denn?«
»Ich bin Stefan Rechter. Geben Sie mir bitte sofort Julia Blank!«
Der Fremde sprach ruhig und deutlich: »Hallo Stefan, mit Julia kannst du sprechen, wenn du Morgenvormittag 300.000 Euro mitbringst. Rufe um 11 Uhr diese Nummer an. Dann erfährst du Ort und Zeit. Bis 12 Uhr bleibt Julia am Leben. Wenn du die Polizei einschaltetest, stirbt sie vorher.«
»Wenn Sie ihr etwas antun ...«, Stefan hörte nur noch Tuten im Hörer. Das Gespräch war abgebrochen worden. Er versuchte sofort,

die Verbindung wiederherzustellen. Aber Julias Handy war ausgeschaltet. Er taumelte zum Schreibtischsessel in seinem Arbeitszimmer, lehnte sich zurück und schloss die Augen. Sein Herz hämmerte ungestüm weiter. ‚In was sind wir da hineingeraten? Hoffentlich ist Julia unverletzt. Sollte ich trotz der Drohung die Polizei einschalten? Die wissen wahrscheinlich, was jetzt zu tun ist. Andererseits nützt das Wissen gar nichts, solange Julia in der Gewalt der Entführer ist. Befreien kann nur ich sie, wenn ich 300.000 Euro übergebe. Das wird mir die Polizei nicht abnehmen. Die interessiert sowieso nur die Verhaftung der Täter.' Vor Wut und Enttäuschung kralle er sich an der Tischkante fest. ‚Wer könnte mir helfen?'

Eine Weile stromerte Stefan durch die Wohnung und durchdachte sich zunehmend absurdere Heldentaten. Schließlich ermahnte er sich. ‚So wird das nichts. Löse das Problem, wie du es sonst auch machst. Setzte dich in dein Büro, studiere die Akte und prüfe Lösungsalternativen!' Da ihm diese meistens erfolgreiche Methode am vernünftigsten erschien, marschierte er sogleich los. Wegen des Dröppelregens spannte er den Schirm auf.

Kaum zehn Minuten später saß er in seinem kleinen Anwaltsbüro. Um diese Zeit war es ungewohnt still in dem Gebäude, in dem überwiegend Rechtsanwälte arbeiteten, allerdings wenige nach 20 Uhr. Da es noch keine Akte gab, betitelte er eine neue mit ‚Julia'. Er schrieb eine handschriftliche Aktennotiz über das Telefonat mit dem Entführer und legte sie in die leere Mappe ab. Um auf neue Gedanken zu kommen, blätterte er durch seine Mandantenkartei. Auf jedem Kärtchen hatte er unter Namen, Adresse und Telefonnummern einige Stichworte bezüglich Delikt und Strafe notiert. Als er die Pappe von Werner Felske in der Hand hielt, las er in der letzten Zeile 10,34. Das brachte Stefan auf eine Idee. Er erwog mehr-

mals das Für und Wider. Dann griff er zum Telefon und rief Uschi Felske an: »Guten Abend Frau Felske. Entschuldigen Sie bitte die späte Störung. Erinnern Sie sich an Stefan Rechter?«
»Ja, Sie haben meinen Mann verteidigt.«
»Richtig, wie geht es Ihnen und ihm?«
»Deshalb rufen Sie doch nicht an. Was wollen Sie?«
»Ich muss mit Ihnen persönlich reden, am besten sofort.«
»Um diese Zeit empfange ich keinen Herrenbesuch.«
»Das finde ich sehr anständig von Ihnen. Das wird Ihr Mann Ihnen hoch anrechnen. Ob er es allerdings gutheißt, mir in meiner Not nicht zu helfen, bezweifel ich.« Er hörte erst gar nichts. Dann raschelte Papier.
Sie sagte: »Ich habe heute Nachtdienst. Um 21:24 Uhr steige ich am U-Bahnhof Feldstraße in den Bus Nr. 6 und fahre zum St. Georg Krankenhaus.«
»Vielen Dank Frau Felske. Bis nachher.«
»Wie erkennen wir uns?«
»Ich bringe Ihnen eine rote Rose mit.«

Stefan suchte im Internet den Fahrplan der Linie 6. Die für ihn nächstgelegene Haltestelle lag am Michel, von der Wohnung nur wenige Minuten zu Fuß. Bis 21:30 blieb ihm sogar noch Zeit, zu Hause zu essen. Alleine am Tisch mit den roten Rosen zwang er sich ein halbes Käsebrot hinein. Dabei versuchte er es mehrfach, Julia anzurufen. Ihr Handy war abgeschaltet. Er bangte mit geschlossenen Augen: ‚Hoffentlich ist sie unversehrt. Hoffentlich sind wir morgen Mittag wieder vereint. Sollte ich nicht vorsichtshalber die Polizei einschalten?'

Um 21:31 Uhr stieg er an der St. Michaelis Kirche in den Bus, bezahlte beim Fahrer und wankte mit der Rose nach hinten. Keine der wenigen weiblichen Fahrgäste erinnerte ihn an Frau Felske. Er hatte sie als Zuschauerin beim Prozess ihres Mannes gesehen. Bei der hinteren Quersitzbank drehte er sich um. Die Frau, die mit dem Rücken zur Fahrtrichtung saß, gab ihm mit dem kleinen Finger ein Zeichen. Ohne hätte er sie nicht erkannt. Damals im Gerichtssaal überwältigte sie alle mit Schönheitsköniginnenaussehen. Wahrscheinlich wollte sie so ihrem Werner in bester Erinnerung bleiben. Stefan hatte durch seine Verteidigung die Trennung wenigstens von den üblichen fünf auf drei Jahre verkürzt. Jetzt hockte dort eine graue Maus mit feudelfarbenem Kopftuch. Stefan überreichte ihr die Rose und setzte sich neben sie.

»Hallo Frau Felske, wie geht es Ihnen?«

»Kommen Sie bitte gleich zur Sache, wir haben nicht viel Zeit.«

Stefan schluckte: »Verraten Sie mir wenigstens noch, warum wir falsch herum sitzen. Es gibt genügend freie Plätze in Fahrtrichtung.«

Sie flüsterte mit vorgehaltener Hand: »Wegen der Überwachungskamera beim Fahrer. Verdecken Sie bitte ihren Mund beim Leisesprechen. Was wollen Sie?« Dabei schaute sie sich um, Stefan automatisch auch. Hier im hinteren Teil des Busses saß niemand in Hörweite.

»Im letzten Gespräch mit Ihrem Mann machte er mir ein Angebot, das ich hoffte, nie zu benötigen. Jetzt ist meine Frau gekidnappt worden. Bis morgen um 11 Uhr brauche ich 300.000 Euro.«

»Welchen Umrechnungskurs hat er Ihnen versprochen?«

»Das war komisch, er sagte, ich solle mir 10,34 merken.«

»Wann sind Sie geboren?«

»Am 25. September. Das hatte er mich auch gefragt. Was hat das damit zu tun?«

»Das kann er Ihnen, wenn er will, in 187 Tagen erklären.«

»Kommt er dann wieder raus?«

»Ja. Jetzt passen Sie genau auf. Ich erkläre es nur einmal. Es gibt keine Rückfragen. Stehen Sie morgen um 10:10 Uhr an der Holstenstraße bei Aldi mit einer neuen Alditüte. In die packen Sie Zeitungen, sodass sie gleichmäßig gefüllt aussieht, nicht bauchig, sondern glatt. In die mittlere Zeitung stecken Sie die ...«, Uschi Felske tippte kurz auf ihrem Handy, »31.020 Euro. Wenn Sie eine Taxe sehen, die anhält und das Taxizeichen zweimal kurz aufleuchtet, steigen Sie hinten ein. Stellen Sie ihre Alditüte neben die im Fußraum. Wenn Sie bei der Musikhalle aussteigen, ich kann mir den neuen Namen nicht merken, nehmen Sie meine Alditüte mit und lassen Ihre dort.«
Stefan nickte. Er wusste nichts zu sagen.
Uschi blickte ihm ernst in die Augen: »Keine Abweichungen nach dem Motto, eine Penny-Tüte tut es auch. Danach vernichten Sie sofort meine Tüte. Benutzen Sie die auf keinen Fall für die Übergabe. Wenn Sie sich beobachtet fühlen, hauen Sie ab! Dann bitte keinen Kontakt mehr.«

Inzwischen schaukelte der Bus bereits durch die um diese Zeit menschenleere Mönckebergstraße. Frau Felske drückte den Halteknopf.

Stefan wunderte sich: »Wollen Sie schon beim Hauptbahnhof aussteigen? Ich dachte, Sie arbeiten im St. Georg Krankenhaus.«
»Das habe ich für die Lauscher gesagt. Hier am Bahnhof ergattere ich am sichersten eine Taxe für die Rückfahrt. Bleiben Sie bitte noch mindestens bis zur nächsten Haltestelle im Bus. Alles Gute für Sie und vor allem für Ihre Frau. Seien Sie mir nicht böse, wenn ich die Rose liegen lasse.«

Stefan nahm die Rose wieder mit und steckte sie zuhause zu den anderen vierundzwanzig. Man sah ihr die Tour nicht an. ‚Hoffentlich übersteht Julia das Martyrium auch so unbeschadet. Wahrscheinlich wird sie wie ich diese Nacht kein Auge zubekommen.'

Stefan wälzte sich stundenlang. Immer wieder fragte er sich, ob er sich an die Polizei wenden sollte. ‚Die wissen, was zu tun ist. Das könnte für Julia allerdings lebensgefährlich werden.' Schließlich zwang er sich, nur noch zu überlegen, was er in welcher Reihenfolge morgen zu erledigen hatte. Darüber schlief er irgendwann endlich ein.

7

Am nächsten Morgen verließ Stefan um zehn Minuten vor 9 Uhr die Wohnung. Wolken bedeckten den Himmel. Regen und Gewitter waren angekündigt. Noch war es warm und trocken. In seinem Büro verschaffte er sich einen Überblick, wie er die 31.020 Euro zusammenbekam. Durch eine Tagesgeldumbuchung via Internet und eine moderate Überziehung des laufenden Kontos wurde das möglich. Da er Überziehungszinsen tunlichst vermied, nahm er sich vor, Honorarrechnungen und Mahnungen zu verschicken. Ab 9:00 Uhr verschob er telefonisch die Termine für diesen Mittwoch auf die nächsten Tage. Um kurz vor 9:30 wartete er vor der Glastür der Bank, bis sie aufgeschlossen wurde. Am Schalter fragte der südländisch aussehende Angestellte nicht, wofür er so viel Bargeld haben wollte, sondern nur, wie gestückelt. Er verlangte Hunderter. Ein grauer Kasten spie dreihundertzehn Hunderter und einen Zwanziger aus. Stefan träumte: ‚Solch eine Maschine hätte ich auch gerne zuhause stehen.' Der dicke Stapel wurde in eine kleine Zählmaschine gelegt. Die blätterte die Scheine geschwind durch und zeigte auf der Digitalanzeige 31.020 an. Stefan verzichtete auf das händische Nachzählen und nahm den angebotenen DIN-A4-Umschlag dankend an. So viel Bargeld hatte er noch nie in der Hand gehalten. In dem Kuvert sah es nur wie vier Tafeln Schokolade aus und wog auch ungefähr so viel. Sein Aktenkoffer, den er vorher extra geleert hatte, erwies sich als überdimensioniert. Beim Rausgehen bemerkte er die Warteschlange hinter sich. Er bangte: ‚Hoffentlich überfällt mich kein gierig gewordener Spitzbube.'

Auf dem Rückweg schaute er sich mehrfach um. In das Bürogebäude folgte ihm niemand. Hier steckte er nur rasch den Umschlag in eine alte Edeka-Tüte. Eine neue von Aldi hatte er nicht gefunden. Dann flitzte er zum Taxenstand.

8

Zur gleichen Zeit stieg Peter Knust vom Heck der Motorjacht und zog Julia auf den Ponton. Er ließ sie los und beugte sich zum Schließen der Persenning hinunter. Sekundenlang erwog Julia, diese erste Gelegenheit zur Flucht zu nutzen. Sie wagte es nicht. ‚Der würde mich sowieso nach zehn Metern einholen und womöglich ins Wasser stoßen, auf jeden Fall nicht mehr schonend behandeln.'
Das hatte er ihr von Anfang an klargemacht: »Wenn du widerspenstig bist, wirst du leiden. Wenn du gefügig bist, werde ich dich schonen. Wenn du lieb bist, werden wir es genießen.« Daran hatte er sich bislang gehalten. Darum gingen sie nun Hand in Hand vom schwimmenden Anleger die Gangways hoch. Bei den ersten Schritten schwankte Julia auf dem relativ stabileren Boden. ‚Ein Glück, dass

ich nicht riskiert habe, abzuhauen. Da wäre ich von alleine in die Elbe gefallen.'

Der Himmel war grau bewölkt. Niesel wäre keine Überraschung, zumal es nur schwach windete. Die Luft roch nach Hafen. In der schummrigen Tunnelgarage öffnete Peter Knust die Beifahrertür des SLKs und befahl:»Setz dich rein und lass die Beine draußen!« Dabei zog er ein kurzes Seil aus der Tasche und schlang es um ihre Fußgelenke. Mit gefesselten Füßen saß sie neben ihm. Er fuhr auf direktem Weg zu seiner Firma am Schulterblatt. Dort bei der umgewidmeten Tankstelle musste sie im SLK bleiben. Er stieg aus und schloss den Wagen ab. Sie beobachtete, wie er im Kassenhäuschen beim Telefonieren mit dem Arm fuchtelte. Dann ging er in die Garage nebenan und kehrte mit etwas Gräulichem in der linken Hand zurück. Julia hatte zwar währenddessen die Fußfessel aufgeknotet, indes zum Fliehen war es zu spät. Er öffnete die Tür und blaffte:»Setz` dir die Brille und Baseballkappe auf und mach' keine Zicken! Sonst kommst du geknebelt in den Kofferraum.«
Die Brille entpuppte sich als Schweißerschutzbrille. Sie besaß statt der Bügel einen Gummizug. Die Gläser waren so geschwärzt, dass Julia nichts mehr sah. Die ranzig muffelnde Kappe lag ihr locker auf dem Kopf.»Rühr` dich nicht. Ich bin gleich wieder da!«
Sie hörte, wie ein Wagen gestartet und dicht neben den SLK rangiert wurde. Sie spürte seine Pranke am Oberarm. Er zog sie aus dem SLK und hielt schützend eine Hand auf ihren Kopf. Nach zwei Schritten drückte er sie in einen Wagen. Diesmal legte er ihr den Sicherheitsgurt an. Ihre diagonal umgehängte Handtasche drückte unangenehm am Leib. Sie wollte sich beklagen, da schnappte er sich ihre Hände und umschlang die Handgelenke mit einem Plastikkabelbinder. Die Fußgelenke fesselte er ebenso schmerzhaft stramm. »Aua, aua«, jammerte sie.

Er schob den Stift in der Tür in die Stellung ‚Kindersicherung' und schloss die Hintertür. In der Fahrertür schaltete er die elektrischen Fensterheber für hinten aus und brauste los.

9

Inzwischen war Stefans Taxe von Ampel zu Ampel zur Holstenstraße geschlichen. Kurz vor 10 Uhr stieg er endlich bei Aldi aus. Dort füllte er am Zeitungsregal die Edeka-Tüte, bis sie wie gewünscht aussah. Dabei befürchtete er jeden Augenblick, als Ladendieb verdächtigt zu werden. Als er die Zeitungen auf das Förderband bei der Kasse legte, war es bereits 10:05 Uhr. Beim Bezahlen fiel ihm in letzter Sekunde ein, eine Alditüte zu kaufen. Die Kassierin zeigte unverhohlen ihre Verwunderung wegen der vorhandenen Edeka-Tüte. Im Packbereich steckte er die Zeitungen und die alte Tüte in den neuen Plastikbeutel. Der schien ihm jetzt, den Vorgaben zu entsprechen. Draußen stellte er sich an den Straßenrand. Die öffentliche Werbeuhr auf der gegenüberliegenden Straßenseite sprang auf 10:10 Uhr. Stefan schnaufte und schwitzte. Wärmer war es nicht geworden. Es könnte gleich sogar noch tröpfeln.

Eine der üblichen Mercedes-Taxen näherte sich in der rechten Spur. Das Taxenschild auf dem Dach leuchtete zweimal kurz auf. Der Wagen hielt direkt neben ihm. Am Lenkrad saß eine schwarzhaarige Frau mit dunkler Sonnenbrille. Sie nickte ihm kaum erkennbar zu. Stefan stieg hinten ein. Im Fußraum stand eine Alditüte. Er stelle seine daneben und zog sich die andere auf den Schoß. Sie wog erheblich mehr. Die Fahrerin war inzwischen bereits losgefahren.

Vor der nächsten Ampel fragte sie: »Zur Musikhalle?« Dabei legte sie einen Zeigefinger senkrecht über die Lippen. Durch die Stimme erkannte er sie wieder. Die einst superblonde Uschi Felske, die sich gestern Abend als graue Maus mit Kopftuch kostümiert hatte, tarnte sich jetzt mit Pagenschnittperücke und Brille. Stefan bestätigte das Ziel, sprach sie jedoch nicht mit ihrem Namen an. Sie kutschierte ihn schweigend und rücksichtsvoller fahrend als gewöhnliche Taxifahrer. Dabei blickte sie öfter als normalerweise geboten in die Rückspiegel. Plötzlich bog sie rechts in eine Nebenstraße ab. Stefan wunderte sich über den Umweg. Nach weiteren Rechtsabbiegungen durch ein Wohngebiet erkannte er, dass sie im Kreis gefahren waren, wahrscheinlich um Verfolger zu erkennen.

In der Taxenbucht vor der Musikhalle hielt sie. Als er bezahlen wollte, schüttelte sie den Kopf und sagte: »Alles Gute, auch für Ihre Frau.«
»Vielen Dank! Herzliche Grüße an Ihren Mann.«

Stefan trug die Alditüte in sein Büro. Er schätzte das Gewicht auf fünf bis sechs Kilogramm. Ungewöhnlicherweise schloss er die Eingangstür des Büros von innen ab. So fühlte er sich sicherer. Neugierig griff er in die Plastiktüte. Die Fingerspitzen ertasteten Papiergeld. Er legte ein Bündel auf den Schreibtisch. Die 50-Euro-Scheine waren kantenglatt gestapelt und mit einer Papierbanderole zusammengehalten. Stefan zog einen Schein aus der Mitte heraus und begutachtete ihn. Das Papier machte einen jungfräulichen Eindruck. Kein Knick oder Einriss verriet, dass es schon jemals angefasst worden war. Der Aufdruck und die Farben wirkten frisch. Er rieb die Banknote zwischen den Fingern. Auch so spürte er keinen Unterschied. Er roch an den Fingern und am Schein, ohne Zweifelhaftes zu entdecken. Behutsam schob Stefan die Blüte wieder in den

Packen. Dann zählte er. Die Banderole enthielt einhundert Scheine. Aus der Alditüte entnahm er weitere neunundfünfzig Bündel. Andächtig bestaunte er die Papiergeldtürme und wunderte sich über sein geringes Unrechtsbewusstsein. ‚Emotionell hebt offenbar das eine das andere auf.' Da er Uschis Plastiktüte nicht benutzen sollte, stapelte er die sechzig Päckchen in seinen Aktenkoffer. Eng gestaut und glatt gedrückt reichte das Volumen gerade so. Er drückte den Deckel herunter. Die Schlösser schnappten zu. Das metallische Klacken klang wie beim Schließen von Handschellen. Stefan bangte: ‚Hoffentlich ist das kein böses Omen. In was sind wir da nur reingeraten?'
Seine Uhr zeigte 10:40 an, also noch zwanzig Minuten warten. Um nicht vor sorgenvoller Ungeduld zu platzen, rief er Julias Handy sofort an. Es war abgeschaltet. Er wollte es alle fünf Minuten wiederholen.

10

Peter Knust war inzwischen mit der gefesselten Julia auf der Rückbank eines Mercedes C200 durch Eimsbüttel und Eppendorf gefahren. In der Nähe vom Winterhuder Marktplatz verließ er die Barmbeker Straße und steuerte durch eine schmale Häuserlücke auf einen Hinterhof. Den umsäumten Garagen. Auf dem Flachdach blätterte Farbe von dem windschiefen Firmenschild ‚Ollis Biker Shop' ab. Von all dem sah Julia kaum etwas. Ihre Pupillen hatten sich inzwischen immerhin soweit an die Finsternis hinter der Schweißerbrille angepasst, dass sie Helles schemenhaft erkennen konnte.

Peter Knust parkte das Auto in Fahrtrichtung zur Ausfahrt. Beim Aussteigen drohte er: »Kein Mucks! Sonst landest du im Kofferraum.«
Er öffnete die Garagentür, an der ein ausgeblichenes Reklameschild von Harley Davidson hing. Die Tür zog er hinter sich zu. Dann passierte gar nichts. Julia drehte und wand ihre Handgelenke. Statt zu lockern oder sich zu lösen, schnitten die scharfkantigen Plastikkabelbinder nur tiefer in die Haut. Nach zehn Minuten, für Julia dauerte es eine Ewigkeit, schwang das Garagentor auf. Zwei Männer traten aus dem Halbdunkel in den Innenhof. Sie trugen Helme mit dunklem Visier, schwarze Lederjacken und Hosen mit Gummipolstern an den Knien, ihr Todeskommando. Entsetzt rang Julia nach Luft. Sie zitterte am ganzen Körper. Dagegen war ihr gelegentliches Augenzucken harmloses Blinzeln. Ob einer der beiden Peter Knust war, konnte sie nicht erkennen. Der erste schob ein Motorrad mit hohem Lenker und langer Vorderradgabel. Der andere drückte die Garagentür zu. Durch das grobstollige Reifenprofil sah das Bike wie ein Geländemotorrad aus. Der Schieber startete die Enduro und drehte erst langsam dann schneller einige Runden im Hof. Er trug einen schlaffen Rucksack auf dem Rücken. Danach tauschten sie die knatternde Maschine. Der Rucksackträger stieg in den Mercedes und fuhr kommentarlos vom Hof. Das Motorrad folgte dicht auf. Von der Barmbeker Straße bogen sie nach mehreren Querstraßen rechts ab. Julia kannte die Namen der Nebenstraßen in dieser Gegend nicht. Lesbar waren die Straßenschilder sowieso nicht. Kurz nach einer alten Kirche verringerte der Fahrer die Geschwindigkeit, um auf das Gelände eines Rewe Supermarkts zu gelangen. Die vierspurige Ein- und Ausfahrt zur Parkgarage verhieß viel Platz. Vom ziemlich belegten Erdgeschoss fuhren sie zwei schräge Rampen hoch. Im zweiten Stockwerk parkten deutlich weniger, im dritten standen verstreut nur eine Handvoll

Autos. Der kleine Konvoi stellte sich an das leere vordere Ende, am weitesten entfernt vom Fahrstuhl und der Rolltreppe. Die Enduro hielt neben der Fahrertür. Der Fahrer stieg ab, bockte das Bike auf und schlenderte grußlos davon. Der behelmte Mercedesfahrer schaute auf die Uhr und drehte sich zu Julia um: »Es ist zehn vor elf. Es ist also Zeit, dein Handy auf Empfang zu schalten.«
Sie erkannte Peters Stimme, auch wenn sie durch den Integralhelm dumpfer klang. Er zog das Handy aus seiner Brusttasche und tippte ihre PIN ein. Die hatte sie ihm verraten müssen. Er hatte lange auf sie eingeredet, um sie zu überzeugen, dass es ihm nur um das Geld gehe. Julia befürchtete allerdings, dass er sie auf jeden Fall ermorden wird, weil sie ihn kannte und verraten könnte. Seine Drohung schallte ihr noch in den Ohren: »Nur wenn die Bullen eingeschaltet werden, wird euer Leben abgeschaltet. So einfach ist das.«

Später hatte er ihr noch etwas Einfaches eingeflüstert, das ihr nicht aus dem Kopf ging: »Wenn dein Kerl seine Kohle für dich hergibt, ist er zwar selbstlos danach jedoch mittellos. Einem Prachtweib wie dir steht hingegen ein Begüterter wie ich deutlich besser zu Gesicht.«

Ohne es zu ahnen, hatte Peter Knust mit selbstlos und mittellos bei Julia Erinnerungen an ihre Jugend wachgerufen. Ihr ungelernter Vater brachte gelegentlich als Hilfsarbeiter auf Baustellen oder im Hafen kaum mehr als das karge Arbeitslosengeld nach Hause, wo er sich indes selten aufhielt. Ihre Mutter verdiente zwar mäßig aber immerhin regelmäßig als Kindergärtnerin. Trotz ihres selbstlosen Einsatzes blieb die Familie mittellos. Das Geld reichte selten bis zum Monatsende. Oft steuerte ihre Oma von ihrer spärlichen Witwenrente etwas bei. An die Großeltern väterlicherseits hatte sie keine Erinnerungen. Sie waren früh gestorben und wurden nie erwähnt.

Anfangs bekam Julia die Geldnot nur dadurch mit, dass ihre Kleidung gestopft statt ersetzt wurde. Später schämte sie sich, modisch nicht mit ihren Freundinnen mithalten zu können. So lernte sie früh, wie wichtig eine finanziell auswertbare Ausbildung ist. Bis heute mied sie alles, was nach Ärmlichkeit roch. Inzwischen genoss sie nicht nur ein mehr als ausreichendes Monatsbudget, sondern auch beruhigende Reserven.

Damals beneidete Julia die Kinder im Kindergarten, um die sich ihre Mutter kümmerte. Wenn überhaupt beschäftigte sich ihr Vater mit ihrem Bruder. Der faule Rabauke war vier Jahre älter als sie. Mit ihr konnten die beiden nichts anfangen. Mädchen hielten sie offenbar für zu schwach und deshalb für zu doof. Umso liebevoller wurde Julia von der Oma betreut. Von ihr lernte sie manierliche Tischsitten und anständiges Benehmen. Da ihre Mutter Omas okkultes Wissen so vehement ablehnte, erweckte es bei Julia besonderes Interesse. Erst bei Omas Beerdigung vor zwei Jahren bedauerte sie, dass sie sich nie bei ihr gebührend bedankt hatte. Manches erkennt man erst, wenn es zu spät ist.

11

Stefan schmorte in seinem Büro. Obwohl es noch nicht 11 Uhr war, versuchte er es erneut, Julia anzurufen. Schon nach dem zweiten Klingeln meldete sich die verhasste Stimme des Entführers: »Ja, wer ist da?«

»Stefan Rechter. Was ist mit Julia?«
»Hast du die Kohle?«
»Ja, die gibt es aber nur, wenn ...«, er wurde unterbrochen.
»Julia gibt es nur, wenn du die Bullen aus dem Spiel lässt. Ist das klar?«
»Ja, wie soll ...«, wieder fiel im Peter Knust ins Wort.
»Du fährst jetzt sofort mit deinem Audi A3 zum Sky-Supermarkt an der Barmbeker Straße Nr. 17. Der liegt auf der Winterhuderseite, nicht auf der Barmbeker. Dort fährst du auf den Parkplatz. Ganz hinten links fährst du hinunter in die Tiefgarage. Wenn du alleine kommst und keine Bullen auftauchen, hole ich dich da ab. Hast du das verstanden?«
Schwer atmend wiederholte Stefan: »Tiefgarage unter dem Sky-Markt an der Barmbeker Straße Nr. 17.«
»Fahr mit deinem Wagen sofort los und vergiss die Kohle nicht!«
Mit der lauten Verteidigerstimme, mit der er sich im Gericht Gehör verschaffte, widersprach Stefan: »Erst will ich Julia Blank sprechen.«
Leise hörte er den Entführer: »Los sage ihm was!«
Entfernt hörte Stefan Julia wimmern: »Hallo Stefan, mache bitte alles so, wie verlangt. Keine Polizei bitte.«
Das Signal der unterbrochenen Verbindung tutete.
Stefan lehnte sich zurück, schloss die Augen und atmete bewusst tief durch. ‚Immerhin lebt Julia noch.'

Mit dem Geldkoffer in der verkrampften Hand eilte er zur Garage. Es war zwar trüb aber wenigstens noch trocken.

12

Peter Knust steckte das ausgeschaltete Handy in die Lederjacke und wandte sich beim Aussteigen an Julia: »Wenn du Glück hast, bin ich in einer halben Stunde mit deinem Kerl zurück. Wenn er die Bullen hinzugezogen hat, komme ich alleine. Das wäre dann dein Ende. Wenn du hier inzwischen Theater machst, wäre das sein Ende. Also kein Mucks, wenn ihr das überleben wollt! Wenn du ihm verrätst, wer ich bin, verrate ich ihm, wie geil du es mir in der Koje besorgt hast. Da es dir auch so gut gefallen hat, sollten wir das möglichst bald und oft wiederholen.«

Julia nickte ergeben. Alle anderen Bewegungen vermied sie, um die unbarmherzigen Fesseln nicht noch tiefer in die empfindliche Haut an den Gelenken einschneiden zu lassen. Diese selbst auferlegte Starre empfand sie als mindestens ebenso erniedrigend. ‚Hoffentlich kommt Stefan bald, um mich zu befreien.'

Die Fahrertür wurde zugeworfen. Die Fernbedienung versenkte die Türzäpfchen im Gleichklang. Peter Knust stieg auf die Enduro und blubberte unauffällig davon. Julia hatte einen verwegenen Start mit abgehobenem Vorderrad und Höllenlärm erwartet. ‚Der Kerl überrascht mich immer wieder. Hoffentlich hat Stefan nicht die Polizei eingeschaltet.'

Fünf Minuten später erreichte Peter Knust den Parkplatz beim Sky-Supermarkt. Langsam tuckerte er nach hinten zur Tiefgaragenabfahrt. Dabei prägte er sich die Fahrzeuge ein, die leicht die Ausfahrt versperren könnten. Unten parkten nur drei Wagen auf dauervermieteten Plätzen. Er fuhr sofort wieder nach oben und stellte sich an der Straßeneinfahrt neben die Fahrradständer. Von hier beobachtete er alle Neuankömmlinge. Frauen, die mit Einkaufstaschen im Supermarkt verschwanden, interessierten ihn nicht. Misstrauisch hätten ihn Autos mit mindestens zwei Insassen, die nicht ausstiegen, gemacht. Das könnten durchaus Zivilpolizisten sein. Wobei er frühestens in fünf bis zehn Minuten mit ihnen rechnete. Stefans Audi würde unmöglich vor 11:20 Uhr eintreffen. So überwachte er eine Viertelstunde lang das Kommen und Wegfahren. Einige brausten mit kleiner Tüte sofort wieder davon. Andere mit überladenen Einkaufwagen brauchten lange, um die Einkäufe zu verstauen. Alle schoben die leeren Einkaufswagen an die Sammelstellen zurück, um den Euro nicht zu opfern. Auf den wenigen Parkplätzen draußen am Straßenrand fand gar kein Wechsel statt. Dort parkten vermutlich Leute, die hier in der Gegend arbeiteten. Er hatte sich diese beiden Supermarktparkplätze ausgesucht, weil er nirgends Überwachungskameras entdeckt hatte. Solche Orte wurden rar.

Plötzlich hörte er das Martinshorn eines Polizeiwagens. Das Tatütata schwoll an. Peters Plus beschleunigte sich. Der Einsatzwagen fuhr vorbei. Sein Herz beruhigte sich. Die aufgestiegene Hitze blieb. Kein Wunder bei der dicken Biker-Montur. Gerne hätte er wenigstens den Helm abgenommen.

Gegen 11:22 Uhr tauchte endlich ein dunkler Audi A3 auf, der keinen freien Platz in Eingangsnähe suchte, sondern flott zur Rampe durchfuhr. Peter Knust zwang sich, noch drei Minuten zu warten. ‚Womöglich legen sich die Bullen erst jetzt hier auf die Lauer.'

13

Stefan Rechter rollte in das Kellergeschoss. Hier war es fast leer. Er parkte mit der Front zur Ausfahrt. Bei der Wende nutzte er die seltene Gelegenheit, alle Markierungen zu missachten. Sein Oberhemd klebte nass am Rücken. Gerne wäre er ausgestiegen, um sich an der frischen Luft abzukühlen. Doch das verkniff er sich, um die Entführer nicht zu irritieren. ‚Befolge bloß alles, wie verlangt. Die sind wahrscheinlich noch nervöser als ich.'

Um nicht untätig zu warten, rief Stefan noch einmal Julia an. Ihr Handy war ausgeschaltet. Endlich tuckerte ein wendiges Motorrad die Rampe hinunter. Der schwarze Reiter mit schlaffem Rucksack auf dem Rücken kreiste eine Ehrenrunde um den Audi und stellte sich auch in Ausfahrrichtung neben die Fahrertür. Stefan senkte eine Handbreit das Fenster. Der Ankömmling beugte sich zu ihm und fauchte dumpf: »Gib mir die Kohle!«
Stefan schüttelte den Kopf: »Erst will ich Julia zurück.«
Die Stimme aus dem Integralhelm mit dunklem Visier knurrte: »Zeig mir die Kohle!«
Stefan vergewisserte sich mit einem Seitenblick, dass der Verriegelungsstift an seiner Tür versenkt war. Dann zog er den Koffer vom Beifahrersitz auf die Knie und öffnete den Deckel. Die sorgfältig gestauten 50 Euro Stapel beeindruckten sogar ihn wieder.
Der Behelmte nickte und verlangte: »Folge mir! Mach keine Zicken, damit ihr das beide überlebt!«
Die Enduro knatterte die Ausfahrt hoch. Stefan blieb dicht dahinter. Sein Herz hämmerte. Jetzt klebten auch die Ärmel an den nassen Armen. Bei jeder roten Ampel drehte sich der Motorradfahrer um. Stefan vermutete, dass er nach Verfolgern ausschaute. Schließlich lenkte er in das Rewe Parkhaus am Krohnskamp. Hier erklomm er

das nahezu leere dritte Stockwerk. Ganz am hinteren Ende umrundete er einen Mercedes und stoppte. Stefan hielt daneben. Auf dem Rücksitz sah er eine Person mit Schirmmütze und dunkler Brille. Er hoffte, mehr als dass er sie sicher erkannte, dass es Julia war.

Julia hatte in der schier endlosen Wartezeit versucht, die Tür zu öffnen. Endlich hatte sie mit den aneinander gebundenen Händen den Türgriff ertastete. Mit Schmerzen hatte sie am Griff gezogen. Er war blockiert gewesen. Der Misserfolg hatte ihre Qual gesteigerte. Entmutigt hatte sie sich zurückgelehnt. Sich nach vorne durchzuwinden, hielt sie mit den strammen Fußfesseln für unmöglich. So wartete sie mit nassem Gesicht auf ihr weiteres Schicksal. Jetzt beobachtete sie tränenblind durch die schwarzen Gläser, was neben ihr passierte.

Der Motorradfahrer reichte Stefan den Rucksack und befahl: »Steck die Kohle darein und zähle laut vor!«
Stefan öffnete den Koffer und erklärte: »Das sind 50-Euro-Bündel mit je 100 Stück, also 5.000 Euro. Sechzig davon ergeben 300.000.« Dann stopfte er das Geld in den Rucksack und zählte laut mit. Bei sechzig war der Koffer leer. Der Rucksack lag gebauscht auf seinen Knien. Er hielt ihn fest und sagte: »Die Kohle gibt es erst, wenn Julia ausgestiegen ist.«
»Riskier hier bloß keine dicke Lippe.«
Stefan zuckte die Schultern: »Auch hier gilt die Grundregel, wer bezahlt, bestimmt die Regeln.«
Der Behelmte bockte das Bike auf, holte die Fernbedienung aus der Jackentasche und ließ die Türzapfen hochspringen. Auf dem Weg zum Mercedes zückte er etwas aus der Lederjacke. Mit einem metallischen Klack sprang ein Messer auf. Eine lange Klinge ragte aus der Faust. Stefan wurde schummrig vor Schreck. ‚Da war ich

wohl zu dreist.' Keuchend stieß er die Tür auf und taumelte heraus. Inzwischen war die Fondtür bereits geöffnet. Der Messerstecher knurrte: »Streck die Beine raus!« Julia kreischte in Todesangst. Stefan wollte sich von hinten auf ihn stürzen. Die Schneide wurde angesetzt. Der Kabelbinder fiel zerschnitten von ihren Fußgelenken auf den Boden. Der Befreier sprang um Stefan herum, warf Julias Handy in den Audi und schnappte sich den Rucksack vom Fahrersitz. Beim Abbocken der Enduro startete er bereits, schwang sich auf den Sattel und brauste davon. Schon bei der Abfahrt lärmte es nicht mehr, sondern rollte harmlos blubbernd nach unten.

Wenn Stefan darauf geachtet hätte, hätte er gehört, dass das Bike im ersten Stock abgestellt wurde. Der Rucksackträger wanderte in die Cafeteria in der Vorkassenzone und setzte sich zu dem anderen Biker, der dort ohne Helm schon seinen zweiten Kaffee trank und die vor ihm liegende Bildzeitung fast auswendig gelernt hatte. Der Neuankömmling legte einen Zündschlüssel auf den Tisch. Der Kaffeetrinker steckte ihn ein, verabschiedete sich mit Handzeichen und schlenderte zur Rolltreppe nach oben. Kurz darauf ratterte er mit dem Bike davon. Peter Knust hatte inzwischen den Helm abgenommen und die Lederjacke ausgezogen. Darunter verbarg er den Rucksack. In fünf Minuten wollte er im dritten Stock nachsehen, ob Julia und ihr Kerl mit dem Audi weggefahren waren.

Die beiden kämpften noch mit dem Kabelbinder um die Handgelenke. Die Nagelfeile aus Julia Handtasche erwies sich als nutzlos. Die zierliche Nagelschere war auch überfordert. Stefan durchwühlte den Kofferraum und fand ein Täschchen mit Bordwerkzeug. Eine kräftige Schere gehörte nicht zur Werksausrüstung. Immerhin gab es eine Kombizange. In die waren die Schneiden eines Seitenschneiders integriert. Um diese anzusetzen, musste Stefan eine Backe der

Zange zwischen Fessel und Haut quetschen. Julia stöhnte auf vor Schmerz. Stefan presste die Griffe mit aller Kraft aufeinander. Mit einem dumpfen Plopp zersprang das Plastikband und glitt zu Boden. Julia schnaufte vor Erleichterung. Sie küssten sich und schmiegten ihre Wangen aneinander. Stefan hielt Julia mit beiden Armen umschlungen, bis ihr Zittern abebbte. Dann führte er sie zum Audi. Vor dem Einsteigen zog Julia den langen Lederriemen ihrer Handtasche über den Kopf. Auf dem Sitz entdeckte sie ihr Handy. Sie fegte es mit den Fingerspitzen in den Fußraum. Sobald sie saß, strich sie sich über die wunden Einschnürstellen an den Füßen und Händen. Stefan bugsierte den Audi aus dem Parkhaus.

Wenn er gewusst hätte, wie Peter Knust ohne Helm und Lederjacke aussah, hätte er ihn im zweiten Stock entdecken können. Dort lauerte er hinter einem Geländewagen und wartete auf die Abfahrt der beiden, um unbeobachtet mit dem Mercedes abzuhauen. Sein Puls hatte sich normalisiert. Ihn durchflutete noch die Erleichterung, genügend Geld rechtzeitig ergaunert zu haben. Auf den letzten Metern streckte Stolz sein Rückgrat. ‚Das habe ich super hinbekommen. Nun wird alles wieder gut.'

Im Audi seufzte Julia: »Ein Glück, dass du nicht die Polizei eingeschaltet hast. Sonst wären wir jetzt garantiert nicht auf dem Heimweg. Wenn die mich tatsächlich lebend befreit hätten, sicher bin ich mir da nicht, würden die mich stundenlang auf ihrem Revier verhören.«
Stefan pflichtete ihr bei: »Ich hatte von der Polizei auch mehr Schaden als Nutzen erwartet. Was meinst du, sollten wir uns jetzt an die Polizei wenden?«
»Glaubst du ernsthaft, dein Geld zurückzubekommen?«

»Kaum, aber es geht immerhin um ein schweres Kapitalverbrechen.«
»Jawohl Herr Verteidiger. Buße oder besser gerechte Strafe muss sein. Im Erfolgsfall würde ich allerdings tagelang als Zeugin vernommen werden. Das hieße, wenn irgendwann der Prozess stattfindet, sich wieder an das Schreckliche zu erinnern. Womöglich wiederholt sich das über mehrere Instanzen. Darauf verzichte ich lieber.«
»Verstehen kann ich das. Wenn du also nicht auf Rache sinnst, wie möchtest du den Rest des Tages nutzen?«
»Duschen, bis kein heißes Wasser mehr kommt, und schlafen, bis ich wieder froh aufwache.«
»Dafür bietet sich unsere Wohnung an. Wenn dir danach ist, erzählst du mir, was du durchgemacht hast.«
»Es wäre lieb, wenn du dich gedulden könntest, bis ich ausgeschlafen habe. Du glaubst nicht, wie müde ich bin. So müde war ich noch nie.«

14

Zurück in der Wohnung entdeckte Julia sofort den Blumenstrauß auf dem Esstisch. »Oh, was für prächtige Rosen.«
Stefan grinste verlegen: »Die hatte ich gestern Nachmittag für meinen Heiratsantrag besorgt.«
Julia stammelte: »Aber du wolltest doch noch Bedenkzeit.«
Stefan druckste: »Das war eine dämliche, unüberlegte Rechtsanwaltsreaktion. Zuerst wird immer automatisch um Aufschub gekämpft. Ich hoffe, du verzeihst mir und heiratest mich trotzdem.«

Statt zu antworten, umarmte sie ihm. Stefan spürte, wie sie bebte. Als sie sich beruhigt hatte, fragte Stefan: »Wie hungrig bist du?«
Julia seufzte: »Ich bin zu müde zum Essen. Ich fühle mich zu schmutzig zum Schlafen. Lass mich jetzt erst mal den Schmutz der letzten vierundzwanzig Stunden abduschen. Bei mir bin ich da guter Hoffnung bei meinem Handy weniger. Das kommt mir so besudelt vor, dass ich es noch nicht einmal in die Handtasche packen wollte.«
Stefan lachte: »Stimmt, das hast du im Audi gelassen. Ich kümmere mich darum, wenn du schläfst.«
Julia warf ihm eine Kusshand zu und verschwand im Badezimmer.

Stefan holte ihr Handy aus dem Audi und spazierte zum Handy-Shop um die Ecke. Dort kaufte er das gleiche Gerät zum deutlich günstigeren Preis als ursprünglich. Ein teures Nachfolgemodell war unlängst auf den Markt gekommen. Für Stefan bestand der wesentliche Unterschied in der Modellnummer. Universe 4 hieß jetzt Universe 5. Immerhin fotografierte die eingebaute Kamera mit einigen Pixeln mehr, und das Gehäuse war nun auch mit Lederimitat erhältlich.

Nach dem Duschen bemerkte Julia auf dem Weg ins Schlafzimmer, dass Stefan die Wohnung verlassen hatte. Auf diese Gelegenheit hatte sie gehofft. Sie entnahm der Handtasche den herausgerissenen Artikel über den Autohändler Peter Knust. Sie zerriss das verknitterte Papier in kleine Fetzen und warf sie in den Mülleimer. Dann suchte sie das Stadtmagazin mit der fehlenden Seite. Es lag harmlos auf der Liege in ihrem Arbeitszimmer. Julia schob es nach unten in den Pappkarton, in dem sie Altpapier sammelten. Erleichtert huschte sie in das Schlafzimmer. Dort öffnete sie die obere Klappe des Kleiderschranks und ertaste ihr Schmuckkästchen, das hinter Bettlaken und Bettbezügen vermeintlich sicher versteckt war. Sie zog die Schatulle heraus, klappte den Deckel auf und durchwühlte die nicht bemerkenswert wertvollen Ketten, Broschen und Armbänder. Ganz unten auf dem Samtboden fand sie, was sie suchte, den Hühnergottstein. Diesen schwarz-weißen Stein hatte sie vor Jahren am Ostseestrand gefunden. Eiszeit und Brandung hatten ihn glatt und flach geschliffen. Durch das rätselhafte Loch wurde er zum magischen Schutzstein. Sie hatte ihn am dünnen Lederbändchen um den Hals hängend getragen. So fühlte sie sich gegen jedwede Unbill gewappnet. Da Stefan sich immer wieder über ihren Aberglauben amüsierte, legte sie ihn nur noch an, wenn sie ihn unter Blusen oder Pullis verbergen konnte. Ihr leidenschaftlicher Busengrapscher entdeckte ihn dennoch oft. Um seinem Spott zu entgehen, hatte sie vor einigen Monaten den mystischen Abwehrstein in dem Schatzkästchen vergraben. Heute bereute sie den Verzicht. Mit ihm wäre ihr das gestern nicht passiert. Durch die Beseitigung der Indizien beruhigt und mit dem Hühnergottamulett um den Hals gesichert kuschelte sie sich unter die Decke und schlief bald ein.

Auf dem Rückweg vom Handyshop gönnte sich Stefan, da es inzwischen Mittagszeit war, eine Currywurst im Stehen. Zu Hause kopierte er den Speicherinhalt des alten Handys auf den PC. Nach dem Umstecken der SIM-Karte übertrug er vom PC die Daten auf das neue Gerät. Um sicherzugehen, dass alles fehlerfrei funktionierte, schaute er, ob das Telefonbuch und die E-Mail-Adressen angezeigt wurden. Aus der Liste der Telefonate tippte er die zuletzt angerufene Nummer an. Die Signale klangen normal. Dann kam die Verbindung zustande. Er hörte eine kräftige Männerstimme: »Autohandel, Peter Knust.«
Stefan zuckte zusammen, als ob das neue Handy ihm einen Stromstoß versetzt hätte. Beinah wäre es ihm aus der Hand gefallen. Die Stimme des Entführers hatte er sofort erkannt. Er drückte augen-

blicklich die Abbruchtaste. Schnaufend lehnte er sich zurück. ‚Was bedeutet das denn?'

Als er sich wieder beruhigt hatte, filterte er die Verbindungsdaten mit dieser Telefonnummer. Das Programm fand nur zwei. Gestern, am Dienstagvormittag, hatte Julia bei dem Kerl angerufen. Am Nachmittag klingelte das Entführerschwein bei ihr an.
In Stefans Kopf wirbelten Fragen. ‚Wieso hatte Julia diese Nummer gewählt? Warum hatte er kurz vor ihrer Entführung mit ihr gesprochen? Hatten sie sich abgesprochen? Steckte Julia etwa mit den Entführern unter einer Decke? War das alles nur verlogenes Bangen?' Stefan erschauderte. Er schüttelte sich vor Abscheu.

Eine Viertelstunde später hatte sich Stefan wenigstens soweit gefasst, dass er wieder klarer denken konnte. Zunächst löschte er auf Julias neuem Handy seinen Anruf bei Autohandel, Peter Knust. Dann rief er mit seinem Handy Emil an.

Emil meldete sich mit schnoddriger Stimme: »Sie rufen außerhalb unserer Sprechstunden an. Wenn es sein muss, versuchen Sie es zwischen 10 und 12 Uhr und zwischen 15 und 17 Uhr.«
Stefan kannte das schon und unterbrach ihn: »Hallo Emil, hier ist Stefan Rechter. Ich wünschte, ich könnte mir Ihre Ansage, oder besser Absage, auch leisten.«
»Hallo Herr Rechter, was wollen Sie wissen?«
»Ich sende Ihnen gleich eine SMS mit einem Namen. Über den Herrn brauche ich Informationen.«
»Bis wann?«
»Morgen, spätestens bis 17 Uhr.«
»Also eine Nachtschicht, na zum Glück haben wir ja sonst nichts zu tun.«

»Beweiskräftiges fürs Gericht ist nicht nötig.«
Emil schnaubte: »Machen Sie es uns nicht zu leicht. Worum geht es denn überhaupt?«
»Schreibe ich auch in die SMS.«
»Gut, dann warte ich auf Ihre Nachricht.«
»Und ich auf Ihren Anruf. Lassen Sie mich bitte möglichst nicht bis 17 Uhr schmoren. Danach kürze ich Ihr Honorar.«

Stefan schrieb:
Peter Knust, Autohandel, Entführung, Lösegeld gezahlt, Geisel frei.

Er sendete diese stille Post, weil er nicht ausschließen konnte, dass Julia ihn vom Schlafzimmer nebenan hörte.

In den letzten Jahren hatte Emil ihm gelegentlich Informationen besorgt, die nicht mit wenigen Mausklicken im Internet abrufbar waren. Wie sich Emil die beschaffte, wollte Stefan gar nicht so genau wissen. Emil sprach über seine Firma stets im Plural, gehört oder gesehen hatte Stefan bislang immer nur Emil. Er bezweifelte sogar, dass er tatsächlich Emil hieß. Auf dessen Rechnungen stand jedenfalls ‚Emils Detektivbüro'.

Stunden später, kurz nach der 20-Uhr-Tagesschau, tapste Julia im Nachthemd schlaftrunken in das Wohnzimmer. Stefan schaltete den Fernseher aus und fragte: »Geht es dir besser?«
Julia nickte.
»Du bist wahrscheinlich ausgehungert. Soll ich uns etwas zu Essen machen?«
Julia setzte sich schlapp an den Esstisch. Stefan holte Brot, Wurst, Käse und Wein aus der Küche. Julia half beim Eindecken.

Beim Essen erkundigte sich Stefan: »Kannst du jetzt darüber sprechen?«

Julia seufzte: »Ich versuche es einfach.« Sie holte tief Luft und begann: »Nach dem Mittagessen wollte ich in unserem Park spazieren gehen. Das Wetter war passabel. Bei der Fußgängerampel beim Museum stand ein Wohnmobil in der ersten Parkbucht. Als ich daran vorbeiging, sprang ein Kerl mit Motorradhelm aus der Seitentür und zerrte mich in ein Reisemobil. Ich wehrte mich mit Händen und Füßen. Schreien war unmöglich, weil er mir seine Pranke so brutal auf den Mund presste, dass ich befürchtete, er bricht mir die Schneidezähne ab. Die Lippen bluteten. Das konnte ich schmecken. Zum Glück heilt das schnell. Im Wohnmobil fesselte er mich mit diesen Plastikschnüren, klebte mir ein Pflaster über den Mund und zog mir einen Sack über den Kopf.«

»War er alleine?«

»Ich bin mir nicht sicher. Er hat nur mit mir gesprochen. Andere Personen habe ich nicht gehört.«

»War es der, dem ich das Geld gegeben habe?«

Julia schüttelte den Kopf: »Ich weiß es nicht. Mit diesen Ganzkopfhelmen und dunklen Visieren sehen alle gleich aus. Würdest du den Typ, den du gesehen hast, wiedererkennen?«

»Nein, gewiss nicht, aber die Stimme sofort. Was ist dann passiert?«

»Das Wohnmobil zuckelte durch die Stadt. Lange, schnelle Strecken, wie Autobahnen, gab es nicht. Es klang auch nie nach Tunnel. Zum Schluss hörte es sich so an, als ob wir in eine Halle fuhren. Der Motor verstummte. Der Behelmte zog mir den Sack vom Kopf und riss mir das Pflaster vom Mund. Dann durchwühlte er meine Handtasche und zwang mich, ihm die Handy-PIN zu verraten.«

»Hat er dich gequält?«

»Wie man es nimmt, Herr Kommissar. Er ließ mehrmals sein Messer aufspringen und fuchtelte damit vor meinem Gesicht herum. Ich war immer noch stramm gefesselt. Verletzt hat er mich zum Glück nicht. Erst als ich ihm die Geheimzahl genannt hatte, ersetzte er die Kabelbinder durch lockere. So konnte ich später wie eine Spastikerin die trockenen Kekse in den Mund stecken, aus einer Plastikflasche Wasser trinken und nachts in Mäuseschrittchen zum Klo tippeln.«
»Ist er die ganze Zeit bei dir geblieben?«
»Nein, nach deinem Anruf ist er abgehauen. Erst war ich froh. Doch nach Stunden in der absoluten Finsternis grauste mich jeder Laut.«
»Hast du Stimmen gehört?«
»Keine Menschen, aber du glaubst nicht, was man alles hört, wenn man nichts sieht.«
»Das stimmt, besonders wenn man die Geräusche nicht kennt.« Stefan hielt ihre Hände: »Meine arme Julia! Konntest du schlafen?«

»Ich habe mich auf die Sitzbank gelegt. Aber die Fesseln zwangen mich in unbequeme Positionen und der Kopf gab keine Ruhe. Mir schien, ich bin erst, kurz bevor der Kerl zurückkam, eingedöst.«
»War es derselbe?«
»Die Stimme klang genauso. Wobei er jedes unnötige Wort vermied. Wir haben jedenfalls schweigend auf deinen Anruf gewartet.«
»Was passierte nach dem Telefonat?«
»Er sperrte mich mit der Schweißerbrille und der Kappe in den Mercedes und fuhr quer durch die Stadt. Anfangs sah ich gar nichts. Im Laufe der Zeit erkannte ich Helles schemenhaft. Den Rest kennst du.« Sie schwieg matt und in Gedanken versunken.
Nach einer Weile fragte Stefan: »Hast du eine Idee, wer uns das angetan hat?«
»Nein.«

Die Reaktion kam Stefan zu schnell, als dass er sie glauben konnte. Deshalb bezweifelte er die ganze Geschichte. Er ließ sich nichts anmerken und erkundigte sich: »Hast du den Eindruck, dass gezielt du gekidnappt wurdest, oder traf es uns rein zufällig?«
Diese Frage hatte Julia erwartet und ebenfalls eine Antwort zurechtgelegt: »Wenn du Staatsanwalt oder Richter wärest, könnte es ein Racheakt gewesen sein. Aber als Strafverteidiger können wir das wahrscheinlich ausschließen. Oder hast du einen Verdacht?«
»Meine Mandanten kommen dafür nicht infrage. Wie steht es mit einem deiner Bankkunden, der sich gar zu arg geschröpft fühlte?«
Julia schüttelte den Kopf: »Erstens schröpfen wir unsere Kunden nicht und zweitens wusste niemand, dass ich am Dienstagnachmittag dort spazieren gehen wollte. Ich ahnte ja noch nicht einmal selbst, dass ich gestern und heute freihabe.«
Stefan strich sich das Kinn: »Dann bleibt nur der Zufall. Du warst zur falschen Zeit am falschen Ort.«
Julia nickte und jammerte: »Und du bist 300.000 Euro los. Hast du Aktien verkauft oder einen Kredit aufgenommen?«
»Beides, damit sind unsere Reserven futsch«, log Stefan und hoffte, dass sie es ihm nicht ansah. In all den Jahren hatte er Julia noch nie angelogen. Entsprechend unsicher fühlte er sich.

Er erinnerte sich an eine peinliche Situation, in der er als circa Zehnjähriger von seinem Vater beim Lügen ertappt wurde. Ihm wurde erklärt: »Das hat man als starker Mann nicht nötig. Das machen nur ängstliche Frauen. Die erschweren sich dadurch das Leben. Lügner brauchen ein sehr gutes Gedächtnis, um sich nicht in Widersprüche zu verwickeln. Irgendwann kommt die Wahrheit heraus, und dann glaubt ihnen keiner mehr. Ausnahmen sind kleine Notlügen, insbesondere um andere nicht zu verletzen.«

Julia saß mit trübem Blick in sich zusammengesunken am Esstisch. Ihr fielen die Augen zu. Er empfahl: »Du legst dich am besten gleich wieder ins Bett.«
»Ich glaube auch. Dann bin ich morgen früh hoffentlich fit. Am liebsten würde ich ab 9 Uhr in der Bank sein. Du auch?«
»Ich auch. Schlaf gut. Ich habe dir übrigens ein neues Handy besorgt und eingerichtet.«
»Oh, vielen Dank, du bist so lieb.«

Beim Wälzen vor dem Einschlafen pendelten Julias Gedanken zwischen dem reichen Peter, der sie brutal als Geisel genommen hatte und dem lieben Stefan, der sie selbstlos freigekauft hatte und dadurch mittellos dastand. ‚Warum nimmt Stefan das so hin? Warum beklagt er sich noch nicht einmal?'

Stefan blieb noch eine Stunde auf dem Sofa und grübelte, warum Julia nicht mehr über die Heirat sprach. Die roten Rosen standen immerhin noch auf dem Tisch. ‚Hoffentlich bringt Emil Licht in die dunkle Geschichte.'

15

Am nächsten Morgen lief die übliche Routine ab. Da Julia beim gemeinsamen Frühstück weder die Entführung noch die Hochzeit erwähnte, sprach Stefan diese Themen auch nicht an. Um Viertel vor 9 Uhr verließen sie die Wohnung und wünschten sich frohes Schaffen.

Den ganzen Vormittag wartete Stefan auf Emils Anruf. Mehrmals musste er sich zügeln, Emil nicht durch Drängeln aus dem Tritt zu bringen. Dafür störte Emil ihn telefonisch beim Mittagessen in der kleinen Pizzeria im Erdgeschoss. Sie verabredeten sich um 16:30 Uhr. Vorher blockierten unaufschiebbare Termine den ungeduldigen Rechtsanwalt.

Da sie keinen neuen Treffpunkt vereinbart hatten, trabte Stefan wenige Minuten vor der Zeit zu den Wasserspielen an der Sievekingbrücke. Hier fanden sie immer eine freie Parkbank. Bei Regen, wie heute, stellten sie sich unter die breite Brücke. Der Verkehrslärm und das Rauschen der gegeneinander spritzenden Wasserstrahlen schützten sie vor Mithörern.

Stefan näherte sich mit aufgespanntem Regenschirm der Unterführung. Ein dünner Mann löste sich aus der Gruppe, die dort auf eine Regenpause wartete. Erst jetzt erkannte er Emil. Durch seinen schmalen Kopf und die spitze Nase ähnelte er einem Windhund. Im Vergleich zu der Auffälligkeit der hochbeinigen, grazilen Hunderasse übersah man den meist farblos gekleideten Detektiv. Wie zufällig schlenderten sie zum anderen Ende der Brücke. Stefan grüßte: »Hallo Emil, wie geht es Ihnen?«
»Hallo Herr Rechter, wegen Ihres Gedrängels haben wir keine Zeit für einen schriftlichen Bericht verschwendet.«
»Was hätten Sie denn über Peter Knust geschrieben?«
»Zunächst sieht es bei der Zielperson nach einem Gebrauchtwagenhändler aus, der zu Geld gekommen ist, teure Wohnung an der Alster, Wochenendhaus in der Heide, Motorjacht im Hafen und so weiter. Alle paar Jahre ging er allerdings pleite. Geprellte Lieferanten und Kunden haben ihn nie angezeigt, weil es zu der Zeit bei ihm nichts zu holen gab«.

Stefan fasste zusammen: »Also ein Loser.«
Emil schmunzelte: »Sie ahnen nicht, wie recht Sie haben. Peter Knust ist nämlich ein Gambler. Der hat nicht nur Wochenendhaus und Jacht verzockt, sondern horrende Spielschulden aufgetürmt.«
»Was spielt er denn?«
»Er pokert mit Unterweltlern in Hinterzimmern.«
»Was wissen Sie über Frau, Kinder und Familie?«
»Gar nichts.«
Weil Stefan ihn so enttäuscht anstarrte, erklärte Emil: »Da nichts über seine Familie bekannt ist, stammt er wahrscheinlich nicht aus Hamburg. Mitunter bauen sich ehemalige Knasttypen in einer fremden Stadt eine neue Identität auf. Frauen hatte er immer nur so lange, bis er auch sie verzockt hatte.«
»Wissen Sie das, oder vermuten Sie das?«
»Das wurde uns aus zweiter Hand von zwei Fällen berichtet. Die liegen Jahre zurück. Wenn Sie wollen, können wir das überprüfen. Dazu reichte die Zeit nicht.«
»Nein, brechen Sie zunächst die Nachforschungen ab. Ich weiß genug. Oder gibt es noch etwas, was ich wissen sollte?«
Emil stülpte die Lippen: »Eigentlich nicht. Ich würde Ihnen nur raten, den Kontakt mit ihm zu meiden. Falls Sie ihn verteidigen wollen oder müssen, sollten Sie auf Vorkasse bestehen und gegenenfalls Bargeld prüfen lassen.«
Bei der letzten Bemerkung erschauderte Stefan. Aufsteigende Hitze vertrieb das Frösteln am Rücken. Er bangte, im Gesicht rot zu glühen. Deshalb verabschiedete er sich schleunigst. Auf dem Rückweg beunruhigte ihn Emils Rat hinsichtlich des Bargelds. ‚Weiß Emil etwa etwas?'

Im Büro setzte er sich an den Schreibtisch und grübelte. ‚Was mache ich jetzt?' Da es zu viele Optionen gab, entschied er sich für seine Plus-Minus-Null-Methode.

Null hieße zunächst abwarten, wie es weiterging. Als Minus stufte er die Möglichkeit ein, Julia indirekt zu befragen. In beiden Fällen würde irgendwann herauskommen, was er heute erfahren hatte. Dann müsste er sein Schweigen rechtfertigen. Das Vertrauensverhältnis zu Julia wäre durch ihn beschädigt.
Die Plus-Lösung bestände darin, Julia offen über seinen Wissensstand zu informieren. Das barg das Risiko, dass sie sich für den Entführer entschied. Aber lieber jetzt als später. Besonders hoch schätzte Stefan die Chancen für den Loser nicht ein. Durch diese Vorgehensweise erführe Julia, dass ihr Kidnapper ein Zocker ist, dem das Wasser am Halse steht. Stefan verließ das Büro und wollte sich auf dem Heimweg entscheiden.

16

Zu Hause erkundigte sich Stefan, als Julia eine Stunde nach ihm eintraf: »Wie hast du den Tag überstanden?«
»Es gab zu viel zu tun, um darüber nachzudenken. Du kennst das. Eineinhalb Tage freihaben, bedeutet, die unerledigte Arbeit nachholen zu müssen. Wie war dein Tag?«
Stefan wartete, bis Julia ihn ansah: »Ich weiß jetzt nicht nur, wie dein Entführer heißt, sondern auch, was das für ein Kerl ist.«
Julias Augen weiteten sich: »Wie das? Nun erzähl schon!«
»Als ich dein neues Handy einrichtete, probierte ich, ob alles funktioniert. Dafür klingelte ich die zuletzt benutzte Nummer an. Es mel-

dete sich Peter Knust, seines Zeichens Gebrauchtwagenhändler. Die Stimme verriet ihn. Komisch, dass du sie nicht erkannt hast. Zumal du ihn am Dienstagvormittag angerufen hast, und er nachmittags zurückrief, kurz bevor er dich kidnappte.«

Julia atmete schwer. Ihr wurde heiß und kalt: »Ich habe eine Probefahrt mit einem SLK gemacht, den er in der Zeitung angeboten hatte. Das war leider ein Raucherwagen. Nachmittags rief er an, um mir einen Nichtraucherwagen vorzuführen. So hat er mich in die Falle gelockt.«

»Warum hast du mir das nicht einfach erzählt?«

Julia schluckte und schloss die Augen: »Ich schämte mich so.«

Stefan griente: »Der SLK ist ein schicker Damenwagen. Peter Knust ist allerdings ziemlicher Abschaum. Der hat nicht nur sein Heidehaus und seine Motorjacht verzockt, sondern auch noch horrende Spielschulden. Deshalb hat er uns erpresst.«

Julia schlug die Hand vor den Mund: »Das Schwein! Dem hetzen wir die Polizei auf den Hals.«

Stefan schüttelte den Kopf: »Das rettet das Lösegeld wahrscheinlich nicht. Damit hat der Loser garantiert schon seine Schulden getilgt. In diesen Kreisen bezahlt man die sonst mit dem Leben.«

»Aber wir sollten ihn nicht davonkommen lassen. Er hat immerhin den Hof voller Luxuskarossen.«

»Du meinst, er soll wenigstens deinen Mini Cooper in ein SLK tauschen.«

»Richtig, und dir würde ein Mercedes auch besser stehen als ein Audi.«

»Das abzulehnen, wäre töricht. Fragt sich nur, wie wir Herrn Knust davon überzeugen.«

Julia überlegte einen Augenblick: »Wir könnten ihn vor die Wahl stellen, entweder akzeptiert er unsere Forderung, oder wir informieren die Polizei.«

»Wer schützt uns davor, dass er uns stattdessen beide umbringt?«
»Das stimmt. Ich verhandele alleine mit ihm und drohe, dass du die Polizei rufst, wenn ich nicht bis dann und dann heil zurück bin.« Stefan kniff die Augen zu schmalen Schlitzen: »Umgekehrt wäre es mir lieber.«
Julia protestierte: »Bloß das nicht! Bei zwei Männern artet das in dieser Situation leicht zu Tätlichkeiten aus. Lass mich das machen.«

Mit Bedenken gab Stefan seinen Widerstand auf. Julia war erleichtert. Sie war zwar nicht erpicht auf ein weiteres Treffen mit ihrem Entführer, befürchtete jedoch noch mehr, dass er Stefan verriet, was sie in der Koje getrieben hatten.

Den restlichen Abend beratschlagten sie ausführlich, wie sie vorgehen wollten. Zum Schluss suchten sie sich im Internet auf Peter Knusts Website das passende Auto für Stefan aus.

17

Kurz nach 10 Uhr am nächsten Morgen rief Julia Blank mit ihrem neuen Handy bei Peter Knust an: »Hallo Herr Knust, verkaufen Sie mir, trotz allem den silbernen SLK.«
»Äh, äh, ja, wenn, wenn, du ...«, dann hatte er sein Stottern überwunden, »er steht bei mir auf dem Hof.«
»Reservieren Sie ihn bitte für mich. Wann schließen Sie heute den Laden?«
»Bis 18 Uhr bin ich immer mindestens hier.«
»Dann komme ich rechtzeitig.« Julia unterbrach die Verbindung und fächerte sich Luft zur Kühlung in das Gesicht. Kurz nach 17

Uhr ging sie nach Hause, wechselte das dunkelblaue Business-Kostüm in schwarze Jeans und orangefarbenes Polohemd und fuhr mit dem Mini Cooper zum Schulterblatt. Beim Parken vor der ehemaligen Tankstelle entdeckte sie den silbernen SLK und den anthrazitfarbenen Mercedes E250, Stefans Wunschkarosse. Da es regnete, blieb sie im Wagen sitzen.

Peter Knust huschte zu ihr.

Julia grüßte: »Hallo Herr Knust, lassen Sie uns im SLK alles besprechen.«

»Ich hole den Schlüssel.« Er verschwand im Kassenhäuschen und kehrte mit dem Öffner zurück. Julia startete währenddessen unauffällig das Voice Recorder Programm auf ihrem Handy, das sie in der offenen Handtasche ließ. Dann flitzte sie zum SLK. Peter Knust hielt ihr die Fahrertür auf. Er setzte sich neben sie.

Julia Blank begann sofort: »Herr Knust, mein Mann weiß, dass Sie mich entführt haben. Er hatte zufällig ihre Nummer angerufen und ihre Stimme wiedererkannt.«

»Ach, dann war er das, der gleich wieder aufgelegt hatte.«

»Es war nicht leicht, ihn davon abzubringen, die Polizei zu informieren. Es ist mir schließlich unter folgenden Bedingungen gelungen.«

»Dass ich nicht lache! Du willst mir Bedingungen stellen!«

»Herr Knust, ich verbiete Ihnen, mich zu duzen. Als Sie mich gefesselt in Ihre Gewalt gebracht hatten, erlaubten Sie sich diese Respektlosigkeit. Nachdem mein Mann mich für 300.000 Euro freigekauft hat, bestehe ich auf dem Sie. Ansonsten haben Sie mich richtig verstanden. Ich stelle Bedingungen. Sie können sie ablehnen und sich dann im Gefängnis überlegen, ob das schlau war.«

Peter Knust grollte: »Ich kann Ihnen stattdessen so die Fresse polieren, dass Sie sich im Krankenhaus fragen werden, wie schlau das war.«

»Für so dumm halte ich Sie nicht. Wenn ich nicht spätestens bis 19 Uhr unversehrt mit Ihrem o. k. zu unseren Bedingungen zu Hause eintreffe, zeigen wir Sie wegen der Entführung an. Dann werden Sie schon heute Nacht im Gefängnis schlafen. Schlauer wäre es, Sie hören sich erst mal die Bedingungen an, bevor Sie so herumtönen.«
Peter Knust verdrehte die Augen und nickte.
»Also, wir tauschen meinen Mini gegen diesen SLK und den Audi A3 gegen den Mercedes E250 dort. Alles mit rechtsgültigen Verträgen. Die Preisdifferenz quittieren Sie uns als bar bezahlt.«
»Was, was, was? Das sind ja Tausende von Euros.«
»Richtig, nach unseren Recherchen reden wir über circa 30.000 Euro. Das entspricht lediglich 10 Prozent des Lösegelds.«
»Ihre Rechenkünste in Ehren Frau Blank, Tatsache ist, dass ich zwei meiner besten Wagen verliere.«
Julia Blank registrierte, dass er nicht mehr im Konjunktiv sprach. Das kam seinem Einverständnis nahe. Sie ergänzte: »Sie profitieren bei dem Deal auch dadurch, dass sich Ihre Cashposition nicht reduziert.« Sie biss sich auf die Lippen, weil sie automatisch in ihren Bankerjargon verfallen war. Rasch fügte sie hinzu: »Durch diesen Tausch bleibt Ihr Bargeld in voller Höhe erhalten. Das hat ja auch seine Vorteile.«
Sie hörte ihn tief atmen: »Wer garantiert mir, dass keiner von Ihnen danach zu den Bullen geht?«
Julia fummelte in ihrer Handtasche, um den Aufnahmemodus zu stoppen. Dabei befürchtete sie, dass ein bestätigender Tastenpiepser sie verraten könnte. Der ertönte zum Glück nicht. Nun war sie sich jedoch nicht sicher, dass nichts mehr gespeichert wurde. Mit nassen Händen riskierte sie, zu antworten: »Wenn Sie uns in Ruhe lassen, brauchen Sie sich deshalb keine Sorgen machen. Mein Mann möchte seinen Ruf als Anwalt durch eine arg späte Anzeige nicht beschädigen. Mir ist Ihre Diskretion hinsichtlich unserer Affäre im

Boot wichtig. Das sollten Sie besser nie ausplaudern. Das macht ein Gentleman ja auch nicht. Solange Sie schweigen, bleibe ich bei unserer Geschichte mit dem Wohnmobil.«

Peter Knust knurrte: »Also ich übernehme eure Gurken und schenke euch den SLK und den E250, meine Perlen. Versucht ja nicht, mich reinzulegen. Das würde euch verdammt wehtun. Das könnte ich auch vom Gefängnis aus leicht arrangieren.«

Julia Blank nickte. Sie verkniff sich, ihm das Hamburger Duzen zu untersagen. Als Bankerin hatte sie Empfindlichkeiten verloren und bei einem akzeptierten Deal gelernt, nur noch über die Abwicklung zu sprechen: »Montag kurz vor 9 Uhr bringen wir die Papiere und unterschreiben, was Sie brauchen. Vor 18 Uhr kommen wir mit unseren alten und holen die neuen auf uns zugelassenen Autos ab. Die alten melden Sie dann am Dienstag ab.«

Er blies die Backen: »Das beschissenste Geschäft meines Lebens.«

»Sie müssen das als Trostpflaster für uns sehen. Wir haben immerhin 300.000 statt 30.000 Euro bezahlt. Wann bekommt man schon das Zehnfache?«

Peter Knust blickte Julia lächelnd in die Augen, dabei verwandelte sein Mund von streng und brutal in sanft und sympathisch: »Wie sieht das denn mit uns beiden aus. Ich würde dir gerne meine Wohnung an der Alster zeigen. Die gefällt dir gewiss. Vereint bringen wir das Bett auch dort zum Schaukeln.«

Julia unterdrückte ihre spontane Empörung: »Warten wir ab, wie sich alles entwickelt. Wenn das mit dem Trostpflaster gut verheilt und keine weiteren Beschwerden auftreten, melde ich mich vielleicht mal.«

Als er ausstieg, bemühte sie sich um einen Augenaufschlag, der ihn hoffen lassen sollte. Sie brauste mit dem Mini Cooper vom Hof.

Bei der Tankstelle an der Feldstraße bot sich ihr die erste Gelegenheit zum Parken. Zunächst meldete sie Stefan kurz den Erfolg. Dann hörte sie sich die Aufzeichnung des Voice Recorders an. Die Stimmen klangen dumpf und entfernt, waren aber unterscheidbar und verständlich. Julia wartete nervös auf das Ende. Wenn ihr das heimliche Abschalten nicht gelungen war, würde die Aufnahme sie als Fremdgeherin entlarven. Da es angeblich keine Möglichkeit gab, Teile zu löschen, könnte Julia sie nicht verwenden. Als Letztes hörte Sie die Männerstimme:»Wer garantiert mir, dass keiner von Ihnen nach dem Tausch zu den Bullen geht?«

Erleichtert lehnte sich Julia zurück. Jetzt besaß sie sein Geständnis, ohne sich selbst zu belasten.

18

Am Montagmorgen fuhren Julia und Stefan mit dem Audi zum Gebrauchtwagenhändler Peter Knust. Sie begrüßten sich mit knappem Kopfnicken und unterschrieben schweigend die vorbereiteten Verträge und Vollmachten. Die Atmosphäre war so angespannt, dass sie kaum atmen mochten und froh waren, nach wenigen Minuten wieder aufzubrechen. Stefan setzte Julia am Jungfernstieg ab, parkte den Audi in der Garage und eilte zu Fuß in seine Kanzlei. Die Sonne wärmte wieder nach dem verregneten Muttertagswochenende mit kalten zwölf Grad.

Wie in den letzten beiden Jahren hatten er und Julia mittags ihre Mutter besucht und mit einem Blumenstrauß beschenkt. Sie verkündeten der Verhärmten, im Dezember zu heiraten. Die Mutter weinte vor Glück. Stefan wunderte sich, weil die Ehe der zukünftigen Schwiegereltern vor längerer Zeit geschieden worden war. Mit ihrem Vater telefonierte Julia nur Weihnachten und zu den Geburtstagen. Ihr war er peinlich. Sie war froh, dass Stefan bislang nicht darauf bestanden hatte, ihn kennenzulernen.

Stefans Eltern hielt sie für wesentlich präsentabler. Ihnen gehörte eine Doppelhaushälfte mit Garten im Hamburger Vorort Lurup. Sein Vater hatte sich vor Jahrzehnten als Versicherungsmakler selbstständig gemacht. Von Beziehungsproblemen oder finanziellen Engpässen hatte Julia nie erfahren. Wenn Stefan gelegentlich Erinnerungen an seine Kindheit und Jugendjahre erwähnte, bedauerte Julia meistens, nicht auch so begütert aufgewachsen zu sein.

Nachmittags überreichten sie Stefans Mutter den gleichen Blumenstrauß. Seine Eltern freuten sich ohne Tränen über die Vermählungspläne. Sein Vater, der überkorrekte Bürokrat, notierte den Termin sofort im Terminkalender. Nach Kaffee und Kuchen holte seine Mutter eine Flasche Sekt aus dem Kühlschrank. Den hielt sie dort stets für besondere Anlässe bereit. Beim Anstoßen der gefüllten Kelche strahlten sie sich alle glücklich an.

Am Montag, nach ungewohnt frühem Büroschluss, fuhren sie mit beiden Wagen zum Autohändler. Ihre neuen standen mit frischen Nummernschildern neben dem Kassenhäuschen. Peter Knust saß am Schreibtisch. Vor ihm stand der dunkle Fremde. Julia sah den Jüngling erstmals in voller Größe. Er zog sich, als Julia und Stefan eintraten, scheu zurück. Peter Knust stellte ihn vor: »Das ist Yaver, mein bester Mann.«
‚Als ob er mehr Angestellte hätte', dachte Stefan Rechter.
Yaver nickte freundlich grinsend und verschwand nebenan in der Garage.

Peter Knust erklärte: »Wenn ich vom Hof muss, übernimmt Yaver die Stallwache, soweit das ein Marokkaner kann.«

Wieder ohne überflüssige Worte tauschten sie die Papiere und Schlüssel aus. Peter Knust bedauerte, dass er für den E250 keinen Ersatzschlüssel hatte. »Den können Sie, wenn Sie das wollen, bei Mercedes bestellen. Das dauert nur wenige Tage.«
Stefan nickte und prüfte die Unterlagen. Bald verließen sie mit dem SLK und E250 die Stätte. Erst als sie im Rückspiegel verschwand, atmeten sie tief durch.

Die übliche Begeisterung bei der ersten Fahrt in neuen Autos empfanden Julia und Stefan nur sehr gedämpft. Sie wählten den kürzesten Weg nach Hause und stellten die Wagen in die Garage. In der Wohnung verflüchtigte sich nur langsam ihr angespanntes Schweigen.

Beim Abendbrot sprach Julia erstmalig wieder die Hochzeit an: »Weißt Du, dass es dieses Jahr ein besonderes Datum für Trauungen gibt.«
»Nein, aber wenn Du so fragst, wirst du es wissen.«
»Mittwoch, der 12.12.2012. Ähnliche Kombinationen von Tag, Monat und Jahr gibt es erst wieder in circa neunzig Jahren.«
Stefan lachte: »Darauf sollten wir besser nicht warten, auch wenn die Lebenserwartung in diesem Jahrhundert alle zwanzig Jahre um fünf Jahre gestiegen ist.«
Julia nickte: »Ich würde uns diesen besonderen Tag gerne reservieren, allein schon, weil er so leicht zu merken ist.«
Stefan bangte: »Hoffentlich haben die Standesämter in Hamburg noch einen Termin für uns frei. Auf diese Idee sind vermutlich bereits viele gekommen.«

Julia unterdrückte ein erleichtertes Schnaufen: »Ich werde morgen telefonieren. Am liebsten wäre es mir im Hamburger Rathaus. Oder hast Du andere Präferenzen?«
Stefan lächelte: »Zur Not ginge es auch im Altonaer Rathaus. Dort habe ich schon oft Hochzeitsgesellschaften am Hintereingang warten sehen. Warum benutzen die nicht den viel prächtigeren Säuleneingang?«
»Keine Ahnung. Das soll ursprünglich ein Bahnhof gewesen sein.«

19

Wenig später wanderte Peter Knust wie so oft von seiner Wohnung zu dem italienischen Restaurant Rigoletto in der Milchstraße. Es gab hier zwar viele andere Lokalitäten, die er bequem zu Fuß erreichen konnte und wo man schmackhaft und preiswert bewirtet wurde. Aber nur hier traf sich in einem diskreten Hinterzimmer eine halbseidene Pokergemeinde. Die hohen Einsätze limitierten den Kreis der Teilnehmer. Peter Knust war stolz, dazuzugehören.

Wie immer setzte er sich zu den Gemeindemitgliedern an die Bar vor dem Hinterzimmer. Gemeinsam flachsten sie über dies und das, bis sie sich in das Hinterstübchen zurückzogen. Als heute Igor Horvat, ein schmächtiger Sinti, erschien und jeden wie üblich mit Handschlag begrüßte, raunte er Peter Knust ins Ohr: »Wir müssen reden. Komm in ein paar Minuten zum Blumenpavillon.«
Noch bevor der Neuankömmling den für ihn fast schulterhohen Barhocker erklommen hatte, fluchte er: »Verdammt, ich habe etwas vergessen. Ich bin gleich zurück.«

Kurz darauf ging Peter Knust zum Schein zur Toilette, um ihm unbemerkt zu folgen. Bei der Ampel an der Kreuzung Mittelweg holte er Igor Horvat ein. Der glättete sich mal wieder unnötigerweise Schnurrbart und Koteletten. Sie waren zu schmalen Strichen gestutzt und glänzten schwarz wie sein geöltes Kopfhaar. Bei Grün überquerten sie die Straße. Auf halben Weg zur Johannis Kirche ging niemand in Hörweite. Sofort begann Igor: »Du hast mich beschissen! Du hast deine Spielschulden mit Falschgeld bezahlt. So läuft das nicht. Damit kannst du dir den Arsch abwischen.«
Peter Knusts erbleichte: »Nun mal langsam. Bist du sicher, dass es Blüten sind?«
In Igor Horvats Gesicht flammten rote Flecken auf: »Denkst du etwa, dass ich dich bescheißen will? Du schuldest mir also immer noch 250.000 Euro.«
Peter Knust schnaufte: »Glaube mir bitte, dass ich das nicht wusste. Ich bin betrogen worden.«
»Dann bringe das schleunigst in Ordnung. Du hast eine Woche. Nächsten Montag ist meine Geduld am Ende. Vorher hast du in unserer Runde nichts zu suchen. Nun hau ab und schaff die Kohle ran!«

Auf dem Heimweg knirschte Peter Knust vor Wut mit den Zähnen. Der unangekündigte Regenschauer kühlte ihn nicht, sondern ließ seine Rachegelüste nur noch mehr sprießen. ‚Die Schnösel mache ich fertig. Mich zu linken, wird den Büroärschen noch so leidtun, dass sie ihre Geburt verfluchen werden.'

Auf dem Sofa schüttete er Bier und kippte Korn in sich hinein. Dabei stellte er sich immer brutalere Torturen für die beiden vor. Schließlich erkannte er in einem lichten Moment, dass er zunächst seine Schulden bei Igor begleichen musste. Die zweite Woche Aufschub rechnete er ihm hoch an. Das hätte er von dem schmierigen Zigeunerzwerg nicht erwartet. Wie man sich bei seinen Mitmenschen täuschen kann. Dass der Rechtsverdreher ihm Blüten untergejubelt hatte, hätte er nicht für möglich gehalten, zumal dessen Alte bei einer Bank arbeitete. Jetzt verstand er auch, warum die sich mit dem Autotausch zufriedengegeben hatten und nicht die Bullen eingeschaltet hatten.

20

Am Dienstagvormittag, noch verkatert, hatte Peter Knust eine Idee, wie er die Spielschulden tilgen könnte. Ein Nebenaspekt begeisterte ihn so, dass er sich vor Häme die Hände wund rieb, und Dauergrinsen sein Gesicht entstellte.

Zunächst besuchte er Olli in dessen Motorradwerkstatt. Anfangs sträubte sich der Schrauber, ihm schon wieder zu helfen. Er hatte die Banderole mit den einhundert Fünfzigern, die er von Peter Knust für die Enduro-Tour erhalten hatte, noch nicht angebrochen. Unwirsch lehnte er es ab, die 5.000 Euro wieder herzugeben, egal ob gefälscht oder nicht. Erst als ihm eine echte Rolex Armbanduhr versprochen wurde, hörte er sich an, was er diesmal dafür zu tun hatte.

21

Am nächsten Tag, am späten Mittwochnachmittag empfing Stefan Rechter Herrn Ohlsen einen neuen Mandanten in seinem Büro. Der Hühnereierproduzent aus Soltau hatte ihn am Dienstagvormittag telefonisch um diesen Termin gebeten. Er habe einiges in Hamburg zu erledigen und wolle sich aufgrund von Empfehlungen persönlich von Rechtsanwalt Rechter beraten lassen.

Das Gespräch drehte sich um das zu erwartende Strafmaß für Vergehen in seiner Branche. Dabei blieb unklar, ob er sich bereits strafbar gemacht hatte. Aus Erfahrung verzichtete Stefan Rechter zunächst darauf, das zu klären. Er brauchte lange, um Herrn Ohlsen klarzumachen, dass im Gesetz keine Stückzahl festgeschrieben ist, ab der man mit Gefängnis bestraft wird, wenn man Eier von Käfighennen als Bio-Eier stempelt. Auch wenn es sehr viele waren. Ebenso existiert für das Zurückdrehen des Treckertachos keine Kilometergrenze. Es kommt in jedem Fall auf die individuellen Umstände an, wie zum Beispiel versehentlich oder vorsätzlich, einmalig oder wiederholt, bislang unbescholten oder vorbestraft. Nach eineinhalb Stunden bestand Herr Ohlsen auf sofortiger Barzahlung. »Ohne Rechnung versteht sich«, sagte er mit vielsagendem Augenzwinkern. Dabei legte er 250 Euro auf den Tisch: »Das sollte reichen. Dafür müssen meine Hennen Zweieinhalbtausend Eier legen.«

»Oder eintausend Bio-Eier.«, lachte Stefan Rechter und steckte die fünf Fünfziger ein.

Abends amüsierten sich Julia und Stefan über den einfältigen Hühnerdieb, wie sie Herrn Ohlsen nannten. Normalerweise sprachen sie nicht über ihre Geschäftsvorfälle.

22

Am nächsten Morgen stellte Julia zwei Eier in den Eierkocher und scherzte: »Hoffentlich hat der Hühnerdieb die nicht versehentlich als Bio-Eier gestempelt.«

Das Telefon schellte. Stefan wunderte sich: »Wer stört uns vor dem Frühstück?« Grinsend ging er in sein Arbeitszimmer und meldete sich.

Eine fremde Männerstimme mit leichtem Hamburger Tonfall grüßte: »Moin, Mielke von der Kripo Hamburg.«

Stefan Rechter zuckte zusammen. Wenn die Polizei ihn zu Hause anrief, betraf das keinen Mandanten. ‚Sind die mir etwa wegen des Falschgelds auf die Schliche gekommen?' Seine Hände nässten.

Herr Mielke fragte: »Sind Sie der Halter des Kraftfahrzeugs mit der amtlichen Zulassung HH-SR 1592?«

»Das muss ich prüfen. Das neue Nummernschild ist mir noch nicht geläufig. Ich schaue nach.«

Kurz darauf bestätigte er: »Sie haben recht, das ist mein Kennzeichen. Worum geht es?«

»Ich muss Sie bitten, den Wagen der Spurensicherung zugänglich zu machen. Wo befindet sich das Fahrzeug?«

»Ich habe den Wagen in der Tiefgarage geparkt und gehe davon aus, dass er dort noch steht. Worum geht es denn überhaupt?«

»Wo waren Sie gestern zwischen 17 und 18 Uhr?«

»In meinem Büro.«

»Gibt es dafür Zeugen?«

»Ja.«

»Nennen Sie mir bitte Namen und Anschrift.«

»Dafür müsste ich vorher das Einverständnis meines Mandanten einholen. Solange Sie mir nicht sagen, worum es geht, werde ich dem allerdings nicht nachkommen. Stattdessen sollten wir das Gespräch beenden.«

»Ein Kollege der Spurensicherung wird sich wegen eines Termins bei Ihnen melden. Wann können Sie heute ins Präsidium kommen?«

»Diese Woche habe ich keine Termine mehr frei. Wie lange wird mich die Spurensicherung von der Arbeit abhalten?«

»Wir ermitteln wegen des Raubüberfalls in Othmarschen.«

Stefan Rechter atmete erleichtert auf: »Oh, und wie soll ich Ihnen dabei helfen? Meine Zuständigkeit beginnt in solchen Fällen erst, wenn ein Verdächtiger einen Verteidiger braucht.«

»Es gibt Videoaufzeichnungen mit Ihrem Autokennzeichen. Die sollten wir uns zusammen ansehen.«

»Wenn die Bilder nicht zu blutig sind, könnte ich heute meine Mittagspause opfern.«

»Einverstanden, dann rechne ich mit Ihnen so ab 12 Uhr. Bis dahin können auch erste Ergebnisse der Spurensicherung vorliegen.«

»Richten Sie bitte dem Kollegen aus, dass ich um 9:30 am Eingang der Tiefgarage auf ihn warten werde.«

Beim Frühstück wunderten sich Stefan und Julia, wieso sein Autokennzeichen bei dem Raubüberfall in einem Überwachungsvideo aufgetaucht sein sollte. Mit Schaudern erinnerte sich Stefan, dass Emil ihn vor Geschäften mit Peter Knust gewarnt hatte. Das erwähnte Stefan gegenüber Julia nicht. Ihm war es peinlich genug, dass er Emil ihretwegen beauftragt hatte. Dass er obendrein dessen Warnung missachtet hatte, wollte er sich nicht auch noch vorwerfen lassen.

Auf dem Weg zum Büro überzeugte sich Stefan, dass sein E250 mit Nummernschildern in der Garage stand. Dann flitzte er in seine Einmannkanzlei. Er konnte sich zwar nicht erinnern, die Anschrift und Telefonnummern von Herrn Ohlsen notiert zu haben, hoffte aber dennoch, etwas zu finden.

Sein Gedächtnis hatte ihn nicht getäuscht. Es gab weder die Mandantenkarteikarte noch einen Stichwortzettel. Dafür war das Gespräch auch viel zu allgemein geblieben. Durch die großzügige Barzahlung ohne Rechnung ergab sich auch nicht die Notwendigkeit der Registrierung. Google zeigte Tausende Treffer an, fand jedoch keinen Herrn Ohlsen aus Soltau. Das beruhigende Gefühl, ein Alibi für die Tatzeit zu haben, verflüchtigte sich. Sein Nacken verkrampfte sich.

Der Spurensicherer stellte fest, dass die Mercedes-Limousine nicht gewaltsam geöffnet worden war. Er nahm Fingerabdrücke vom Türgriff und Lenkrad. Zum Schluss durchsuchte er den Kofferraum. Neben dem Reserverad entdeckte er ein schwarzes Säckchen mit goldgestickter Aufschrift ‚Abraham'. Aus dem zog er eine zweireihige Perlenkette. Mit triumphierendem Kopfnicken stopfte er den Fund in eine transparente Plastiktüte, die er beschriftete und mitnahm.

Stefans wankte zurück zum Büro. Die Kette gehörte vermutlich zur Beute des Raubüberfalls. Seine Verkrampfung strahlte jetzt vom Nacken bis in die Schultern.

23

Durch gutes Zureden hatte Stefan Rechter die Schmerzen gelindert. Auf dem schier endlosen Flur im Polizeipräsidium spürte er die Verkrampfung kaum noch. Bislang hatte er hier nur in dem Stockwerk darüber Mandanten bei Vernehmungen beigestanden. In Mielkes Zimmer standen vier Schreibtische zu einem Block zusammengeschoben. Wahrscheinlich waren wegen der Mittagspause nur zwei Plätze besetzt. Stefan Rechter grüßte laut: »Guten Tag, ich bin mit Herrn Mielke verabredet.«

Mit kippendem Kopfdrehen wurde ihm der Weg gewiesen. Herr Mielke starrte auf den Bildschirm vor sich. Stefan Rechter stellte sich hinter ihn und grüßte: »Hallo Herr Mielke, Rechtsanwalt Stefan Rechter meldet sich zu Stelle.«

Herr Mielke verharrte mit starrem Blick auf den Monitor, auf dem Text flimmerte. Nach einem Wichtigkeitsmoment drehte er sich um und stand auf. Er war einen Kopf kürzer als sein Gast aber stämmiger. Sein grauer Haarkranz war frisch geschoren. Der schmallippige Mund grüßte: »Mahlzeit Herr Rechter, lassen Sie uns nach nebenan gehen.« Mit einem Schnellhefter in der Hand schritt er aus dem Raum. Stefan Rechter folgte ihm in ein wesentlich kleineres Zimmer. Hier umstanden nur vier Stühle einen rechteckigen Resopaltisch. Den schmückte ein Telefon. Herr Mielke tippte eine Nummer ein, wartete und sagte dann: »Komm bitte mit deinem Trailer in Raum 432.«

Stefan Rechter hatte inzwischen platzgenommen und sich die kahlen Wände angesehen. Er rätselte: ‚Offenbart die fehlende Wanddekoration beschränkte Haushaltsmittel oder Kulturlosigkeit?'

Herr Mielke setzte sich ihm gegenüber. Sie schwiegen sich an.

Stefan Rechter schlug vor: »Während wir auf Ihren Kollegen warten, könnten Sie mir erzählen, was vorgefallen ist.«
Herr Mielke schüttelte den Kopf: »Genau das würde ich gerne von Ihnen hören.«
»Über einen Raubüberfall am Mittwoch weiß ich nichts. Ich war gestern zwischen 17 und 18:30 Uhr in meinem Büro.«
Die Tür öffnete sich und ein junger Mann in Jeans trat in das Zimmer. Auch er trug ein hellblaues Oberhemd mit offenem Kragen ohne Krawatte. Er stellte einen mobilen Computer auf den Tisch und startete das Gerät. Als es lief, nickte er Herrn Mielke zu. Der richtete den Bildschirm so aus, dass sie gemeinsam schauen konnten, und erklärte: »Dies ist ein Zusammenschnitt der relevanten Videoaufzeichnungen des Überwachungssystems beim Juwelier Abraham.«
Stefan Rechter erkannte im trüben schwarz-weiß, wie eine Mercedes Limousine vor der Eingangstür geparkt wurde. Sein Nummernschild war beim Rangieren kurz lesbar. Die Scheiben des Autos reflektierten. Der Fahrer war nur schemenhaft zu sehen. Beim Aussteigen verdeckte der lange Schirm einer tiefgezogenen Baseballkappe das Gesicht. Auf dem Weg zur Ladentür zog er sich eine schwarze Stoffmaske mit zwei Sehlöchern vom Hals nach oben. So betrat er den Laden. Die nächste Kameraeinstellung zeigte, wie der Maskierte eine Pistole auf die Verkäuferin hinter dem gläsernen Ladentisch richtete und brüllte: »Wer ist noch hier?«
»Nur Herr Abraham und ich«, stotterte sie piepsig.
Mit lauter Stimme forderte er: »Abraham, komm her und spiel nicht den Helden, sonst überlebt ihr das nicht.«
Ein Mann im hellen Anzug stellte sich mit erhobenen Händen neben die Verkäuferin. Als sie das sah, nahm sie auch diese Haltung ein. Der Bewaffnete sprang mit drei Sätzen zur Frau und hielt ihr die

Waffe an die Schläfe: »Abraham, schließ die Ladentür ab, lass den Schlüssel stecken und fahr die Jalousien herunter!«

Durch die herabpolternden Fensterrollläden verdunkelte sich das Videobild. Die seitliche Kamera zeigte jetzt den Ladentisch mit Gangster und Verkäuferin davor. Dahinter packte Herr Abraham flache Samtschatullen mit Ringen, Ketten und Uhren in einen dunklen Sack.

»Ein bisschen schneller, der Tresor muss auch noch geräumt werden!«

Nun tauchte auf dem Bildschirm ein winziges Hinterzimmer auf. Die offene Safetür ragte in den Raum. Herr Abraham legte den Inhalt in einen Sack. Die Verkäuferin stand mit der Pistole am Kopf daneben.

»Wo ist die Toilette?«

Der Juwelier ging voran. Die beiden anderen folgten ihm und verschwanden auch aus dem Bild. Für diesen Bereich gab es offensichtlich keine Kamera.

Stefan Rechter sah weiterhin das leere Hinterzimmer und hörte, wie Herr Abraham protestierte: »Wir können doch nicht zusammen auf das winzige WC!«

»So lernen sie sich endlich mal näher kennen. Aber Pipi nur im Sitzen!« Eine Tür wurde zugeschlagen und abgeschlossen. Schritte entfernten sich. In der letzten Einstellung öffnete der Räuber die Ladentür, zog sich die Maske nach unten und eilte zum Mercedes. Er warf die beiden Säcke auf die Rückbank, stieg ein und fuhr davon. Sein Gesicht blieb durch die Schirmmütze für die Kamera verdeckt.

Herr Mielke wandte sich an Herrn Rechter: »Jetzt verstehen Sie, warum Ihr Alibi zur Tatzeit so wichtig ist. Zumal auch noch ein Teil der Beute in Ihrem Auto gefunden wurde.«

»Das Fahrzeug des Täters entspricht in der Tat einschließlich Kennzeichen dem Wagen, den ich am Montag gekauft habe. Eine Erklärung könnte sein, dass ich den Zweitschlüssel nicht erhalten habe. Die Perlenkette im Kofferraum ist vielleicht als Dankeschön gemeint.«

Herr Mielke schüttelte den Kopf: »Nette Ausrede mit dem Zweitschlüssel. Das mit dem Dankeschön des Täters glauben Sie ja wohl selbst nicht.«

»Je mehr ich darüber nachdenke, vermute ich, dass mir jemand die Schuld zuschieben will.«

»Ich habe eher den Eindruck, dass Sie Ihre Schuld auf andere schieben wollen.«

Stefan Rechter starrte ihn entgeistert an: »Verdächtigen Sie mich etwa? Der Maskenmann hat überhaupt keine Ähnlichkeit mit mir.«

»Das sehe ich nicht so.«

»Der ist kleiner und breiter als ich und spricht anders. Um ehrlich zu sein, dachte ich mehrmals, er könnte Ihr Zwillingsbruder sein.«

Rechter grinste ihn an.

Mielkes Gesicht versteinerte. Nach einer unbehaglichen Schweigeminute knurrte er: »Diese Unverschämtheit wird Ihnen noch leidtun.«

»Dann gehe ich lieber.«

»Wenn Sie nicht schleunigst Ihr Alibi belegen, wandern Sie ins Untersuchungsgefängnis.«

Mit strengem Blick erwiderte Stefan Rechter: »Klären Sie erst mal, wer den Zweitschlüssel benutzt hat und eine Perlenkette im Kofferraum versteckt hat. Ein Motiv ist auch oft hilfreich. Sie sollten es sich nicht zu leicht machen.« Er stand auf und begab sich zur Tür: »Dann weiterhin frohes Schaffen. Sie verstehen, dass ich mich nicht mit auf wiedersehen verabschiede.«

Herr Mielke schnappte nach Luft und rief hinterher: »Ach, eine Frage hätte ich da noch.«

Der Rechtsanwalt blieb in der offenen Tür stehen. Er war überzeugt, dass der Kommissar diesen Satz aus der US Fernsehserie Columbo übernommen hatte.

»Von wem haben Sie den Wagen gekauft?«

»Autohandel Peter Knust am Schulterblatt.«

Als Stefan Rechter sich in seinen Mercedes setzte, kam er ihm noch besudelter vor als auf der Hinfahrt. Da hatte er sich noch eingeredet, dass sich alles als harmlos herausstellen würde. So hatte er auch die Verspannung weggeredet. Nun spürte er den Nackenschmerz über die Schultern bis in die Oberarme. Obendrein mochte er kaum noch das Lenkrad anfassen. Selbst eine Reinigung mit Desinfektionsspray würde daran wenig ändern. Das Auto war entweiht. Gläubige Katholiken könnten es vermutlich vom Pfarrer mit Weihwasser neu segnen lassen. Stefan, der evangelisch erzogene Zweifler, versprach sich davon nur Wasserflecken.

24

Auf der Rückfahrt rief er Emil an. Der Detektiv meldete sich wieder wie ein Anrufbeantworter: »Sie rufen während unserer Mittagspause an. Wenn es sein muss, versuchen Sie es nach ...«

Stefan unterbrach ihn: »Hallo Emil, hier ist Stefan Rechter. Ich muss Sie dringend sprechen.«

»Hallo Herr Rechter, wo essen Sie heute Mittag?«

»Beim Libanesen am Johannes-Brahms-Platz.«

»Wenn Sie mich einladen, bin ich in fünfzehn Minuten dort.«

»Einverstanden. Bringen Sie aber nicht Ihre ganze Mannschaft mit.«

Beim Essen beichtete Stefan Rechter: »Ich habe trotz Ihrer Warnung zwei Autos bei Peter Knust gekauft. Der E250 wurde gestern Nachmittag beim Raubüberfall des Juweliers Abraham gefilmt. Eine Perlenkette, wahrscheinlich Teil der Beute, wurde im Kofferraum gefunden. Deshalb verdächtigt Kommissar Mielke mich. Zumal sich mein Alibi in Luft aufgelöst hat.«
»Wie sah Ihr Alibi denn aus?«
»Ein neuer Mandant kam zu mir ins Büro. Leider habe ich weder Adresse noch Telefonnummer.«
Emil sagte: »Wenn das man nicht auch gestellt war, nur um Sie ohne Zeugen ans Büro zu binden.«
»Meinen Sie? Der hat sich das immerhin 250 Euro kosten lassen.«
Sie aßen schweigend weiter, bis Emil fragte: »Soll ich jetzt Herrn Mielke beweisen, dass Sie keinen Schmuck geklaut haben? Oder soll ich Herrn Mielke die Arbeit abnehmen, und herausfinden, wer es war?«
»Wenn das Erste ohne das Zweite geht, reicht es mir, mich reinzuwaschen.«
»Damit bleibt, wie beim letzten Mal, die Wurzel des Übels im Boden, bis sie wieder ausschlägt.«
»Sie meinen, Unkraut sollte man mit der Wurzel vernichten.«
Emil nickte: »Weniger blumig gefragt, warum schonen Sie Peter Knust?«
Stefan Rechter lehnte sich zurück: »Was macht Sie so sicher, dass Peter Knust dahintersteckt?«
»Gegenfrage, was lässt Sie zweifeln, oder wer käme sonst infrage?«
Dem Rechtsanwalt wurde es ungemütlich. Er war zwar auch von der Schuld des Gebrauchtwagenhändlers überzeugt, fühlte sich

jedoch wegen des Falschgeldes angreifbar. Das sollte Emil auf keinen Fall erfahren.

Emil stand auf und sagte: »Vielen Dank für Speis und Trank. Ich habe zu tun und melde mich sobald wie möglich.«

Stefan Rechter wartete auf die Rechnung.

25

Zur gleichen Zeit betrat Peter Knust mit leerem Magen sein Büro auf der ehemaligen Tankstelle. Der Appetit war ihm vergangen. Keiner der seriösen Hehler interessierte sich für die Beute im Ganzen. Die war ihnen noch viel zu heiß. In sechs Monaten, in der Vorweihnachtszeit, könne er sich gerne wieder melden. Dabei hatte er sich so viel Mühe gegeben. Nach dem überraschend einfachen Überfall hatte er die wertvollsten Teile fotografiert. Am meisten Aufwand steckte in der Liste. Zum Glück hing an jedem Schmuckstück ein winziges Preisschild. Das ersparte ihm das Schätzen, was er sich nicht ernsthaft zugetraut hätte. Aber die Menge ermüdete ihn. Es dauerte stundenlang und artete in elende Fleißarbeit aus, dem Schweiß nahe. Genau das verabscheute er besonders. Immerhin beglückte ihn am Ende die Summe in Höhe von rund 750.000 Euro. Zu der Zeit hatte er noch die Illusion, 500.000 dafür zu kassieren. Da er nur die Hälfte für Igor Horvat brauchte, erwog er sogar, weitere Schulden zu tilgen. Dieser Traum war vorhin endgültig beim dritten Hehler zerplatzt. Der klärte ihn auf. Mit mehr als 250.000 könne er nicht rechnen und das auch nur, wenn die Ware abgekühlt sei. Für Peter Knust offenbarte sich damit, wer die größten Gauner waren. Als ihm schließlich auch noch ein Chinesenschlitzauge mit gelähmtem Gesicht lumpige 100.000 Euro anbot,

brach er die Verkaufstour ab. Völlig entnervt warf er sich auf seinen Drehstuhl und quetschte brutal mit beiden Händen die Armlehnen. Dann entdeckte er das rote Blinklicht auf dem Telefon. Ein Anrufer hatte eine Nachricht hinterlassen. Hoffentlich hatte sich einer der Abnehmer besonnen, oder wenigstens jemand Interesse an einem Wagen bekundet.
Er hörte sich die Ansage an.
»Hallo Herr Knust, mein Name ist Mielke von der Hamburger Kriminalpolizei, rufen Sie mich bitte möglichst bald an.«
Vor Schreck vergaß Peter Knust, sich die Nummer aufzuschreiben. Seine nassen Hände hätten allerdings den Stift ohnehin kaum halten können. ‚Wieso sind die mir so schnell auf die Schliche gekommen? Die Scheißklunker liegen hier noch auf dem Kriechboden über der Garage. Wenn die Bullen die hier finden, bin ich erledigt.‘ Er atmete dreimal tief durch, um sich zu beruhigen. Die feuchte Hitze blieb. Nach einem kurzen Telefonat mit Igor Horvat, dem pokernden Zigeuner, stellte er die wackelige Trittleiter unter die unauffällige Deckenklappe. Dort oben lagerten in Umzugskartons die Schmuckschatullen. Er holte sie herunter und verbarg sie hinter aufgetürmten Autoreifen an der Rückwand. Dann rangierte er den 5er-BMW, den er zurzeit benutzte, rückwärts in die Garage und lud die Beute in den Kofferraum. Sobald er sein Firmengelände verließ, fühlte er sich sicherer.

Das verschwand indes, als er von der Süderstrasse bei der angegebenen Adresse abbog. Der zugewachsene Pfad wurde links von einem hohen Bahndamm und rechts von einem rostigen Maschendrahtzaum begrenzt. Nach fünfzig Metern verbreiterte sich der Schotterweg. Hier standen Autowracks. Im Rückspiegel entdeckte Peter Knust dunkle Köpfe, die ihm misstrauisch beobachteten. Endlich tauchte am Ende eine windschiefe Wellblechhalle auf. Davor

parkten fahrtüchtiger aussehende Wagen unterschiedlicher Preisklassen. Er platzierte den BMW rückwärts vor das geschlossene Rolltor. Auf dem war vor Jahrzehnten übergroß mit weißer Farbe die Hausnummer gepinselt worden. Die Nummer stimmte wenigstens. Peter Knust stieg aus, schloss den Wagen ab und kontrollierte ungewöhnlicherweise die Kofferraumverriegelung. Jetzt erkannte er fleckige Blaumänner hinter Autogerippen, die innehielten, um ihn im Auge zu behalten. So normal wie möglich schritt Peter Knust zu der Tür neben dem Rolltor. Durch das verdreckte Fenster schimmerte Neonlicht. Die Tür quietschte beim Öffnen. In der Halle standen an den Wänden Autos mit geöffneten Motorhauben. Der Lärm von Hämmern und Schleifmaschinen erstarb. In der ansonsten freien Mitte der Halle parkte ein mittelgroßes Wohnmobil. Peter Knust erinnerte der Anblick an die Entführungslügengeschichte, die er sich mit Julia Blank für ihren Mann ausgedacht hatte. Zwischen den Wagen kamen drei verschwitzte Ringer in fleckigen Unterhemden hervor und gingen ihm entgegen. Jeder hielt sicher nicht zufällig ein schweres, längliches Metallwerkzeug in der Hand. Die üppig tätowierten, und kahl rasierten Männer schauten ihn fragend an, blieben aber stumm. ‚Wenn Igor nicht will, komme ich hier nicht lebend vom Hof', bangte Peter Knust und beeilte sich zu grüßen: »Hallo, ich bin mit Igor Horvat verabredet.«
Aus dem Wohnmobil trat eine Frau mit kunstblonder Mähne heraus und rief: »Wer bist du?«
»Peter Knust. Igor erwartet mich.«
Sie nickte. Ihr kurzer Morgenmantel verbarg viel Busen und wenig Schenkel. Das Empfangstrio schraubte weiter. Peter Knust betrat das Wohnmobil. Es muffelte ungelüftet nach einer Mischung aus benutztem Bettzeug, WC-Reiniger und Parfümrestduft. Im Schummrigen erkannte er Igor, der sich einen goldenen Bademantel überzog und mit beiden Händen das ölige Schwarzhaar nach hinten

strich. »Hallo Peter, du hast hoffentlich gute Gründe, uns zu stören.«
»Hallo Igor, du sagtest, ich könne sofort kommen. Stören wollte ich gewiss nicht. Im Gegenteil, ich habe dir etwas Tolles mitgebracht.«
Die dürftig Bekleidete stand in der offenen Tür. Igor schickte sie mit einer Kopfdrehung weg. Sie drückte die Tür von draußen zu.
»Na, dann zeig' mal her.« Igor saß auf dem Bett.
Peter zog die Fotos und die Liste der Beute aus der Innentasche seines Jacketts und reichte ihm den Stapel. Er hätte sich gerne gesetzt, damit der Sintizwerg nicht noch mehr als sonst zu ihm aufblicken musste. Es gab jedoch außer der Bettkante keine Sitzgelegenheit. Unaufgefordert wagte er es nicht, sich dort hinzuhocken.
Igor blätterte die Fotos durch und schaute ihn fragend an.
Peter erklärte: »Das sind Juwelen und Uhren vom Feinsten.«
»Hältst du mich für eine Schwuchtel, oder warum zeigst du mir das?«
»Schau dir mal die Liste an. Der Wert dieser Kollektion beträgt 750.000 Euro. Ich gebe sie dir für 250.000.«
»Heißt das, du willst deine Schulden mit diesen Klunkern bezahlen?«
Peter nickte und versuchte, gewinnend zu strahlen.
Igor schüttelte den Kopf. »Mensch Peter, ich dachte, du kennst die Regeln. Kleine Jungs spielen um Murmeln. Erwachsene Männer spielen um Geld, richtiges Geld, kein Spielgeld von Monopoly, oder Glitzersteinchen.«
»Nun stell dich nicht so an. Ich biete dir diesen Schatz für ein Drittel des Werts an. Da solltest du ausnahmsweise sofort zugreifen.«
Igor feixte: »Das kann ich ja fast nicht annehmen. Mir kommen gleich die Tränen. Du bist wohl so pleite, dass du dich so weit herablässt.«
Peter schaute ihn mit gepressten Lippen flehentlich an.

Igor strich sich das Oberlippenbärtchen, schloss die Augen und schwieg. Nach einer gefühlten Stunde blickte er zu Peter auf: »Also gut, dies eine Mal nehme ich das Glitzerzeug. Wenn ich beim Verkauf nicht meine 250.000 Euro bekomme, schuldest du mir den Rest. Ist dir das mit allen Konsequenzen klar?«

»Danke Igor. Du bist ein feiner Kerl.«

»Das hatten schon einige über mich gesagt, bis sie versuchten, mich zu bescheißen. Seitdem sagen sie gar nichts mehr.« Igor wartete mit todernstem Blick, bis Peter nickte. Dann fuhr er fort: »Wie, wo und wann stellst du dir die Übergabe vor?«

»Ich dachte, hier und jetzt. Der Schatz liegt in Umzugskartons im Kofferraum meines BMWs.«

»Lass die Fotos und die Liste hier. Warte draußen, bis ich komme. Dann parkst du deine Karre hier in der Halle neben meinem Bentley und lädst die Chose um. Kein Gequatsche! Danach haust du sofort ab und lässt dich hier nicht wieder blicken.«

Auf der Rückfahrt fühlte Peter sich doppelt erleichtert. Er war nicht nur die Beute, sondern auch noch seine Schulden bei Igor los. Besser hätte es kaum kommen können, redete er sich ein. Jetzt sah er dem Telefonat mit den Bullen weniger verkrampft entgegen.

Herr Mielke von der Hamburger Kripo meldete sich sofort, bedankte sich für den Rückruf und fragte: »Haben Sie Stefan Rechter am Montag einen Mercedes E250 verkauft?«

»Ja.« Bei dem Verein verkniff er sich jedes Wort, zumal sein Herz bollerte.

»Ist es wahr, dass der Zweitschlüssel fehlte?«

Peter Knust brauste auf: »Was für ein Quatsch, wenn der nicht vorhanden gewesen wäre, hätte ich ihn vorher besorgt. Sonst drücken

die Käufer den Preis um einen Tausender, obwohl der Schlüssel viel billiger ist.«
»Das ist verständlich.«
Beide lehnten sich auf ihren Bürostühlen entspannter zurück.

26

Beim gemeinsamen Abendessen berichtete Julia: »Du hattest es ja geahnt, am 12.12. sind die Standesämter bereits jetzt nahezu ausgebucht. Ich habe für uns den letzten Nachmittagstermin im Hamburger Rathaus ergattert.«
Stefan griente: »Glückwunsch. Vermutlich ist es dort am prächtigsten.«
»Das glaube ich auch. Durch diesen Termin verkürzt sich auch die Zeit bis zum Abendessen. Wo würdest du am liebsten feiern?«
»Wenn es bezahlbar ist, natürlich im Jacobs Restaurant an der Elbchaussee. Von der Tiefgarage kommt man bei Regen trocken ins Restaurant. Meines Wissens wurde der Koch mit 2 Sternen vom Michelin ausgezeichnet. In dem Hotel können auswärtige Gäste übernachten, wenn sie sich das gönnen wollen.«
Julia strahlte: »Das wäre für mich auch die erste Wahl. Allein die Fahrt dorthin ist bezaubernd, ganz zu schweigen von der Aussicht aus dem Restaurant auf die Elbe. Morgen telefoniere ich mit denen. Hoffentlich klappt das.«
Stefan gab zu bedenken: »Die werden dich gewiss fragen, wie viele Personen teilnehmen werden. Deshalb sollten wir vorher eine Gästeliste zusammenstellen.«

Die nächsten Stunden beratschlagten sie, wen sie einladen wollten, mit wem sie beim Polterabend rechnen konnten und wo dieser stattfinden sollte. Beim Einschlafen kuschelte sich Julia selig an Stefan.

27

Am nächsten Morgen hörte Stefan die Klingel an der Wohnungstür. Er war sich nicht sicher, wie oft es schon gebimmelt hatte. Jetzt hatte es ihn so weit geweckt, dass er auf die Uhr neben sich schaute. Sie zeigte 6:42 an. Julia schlief noch auf der Seite liegend. Stefan beschloss, die Störung zu ignorieren. ‚Das kann nur ein dummer Jungenstreich sein.' Kurz darauf schellte es erneut, diesmal länger und begleitet von Klopfen an der Wohnungstür. Murrend stand er auf, stakste zur Tür und spähte durch das Guckloch. Im Treppenhaus wartete Herr Mielke mit zwei Unbekannten. Stefan zuckte zusammen. Er holte tief Luft und rief: »Wir schlafen noch. Kommen Sie in einer Stunde, wenn es sein muss. Noch besser in zwei Stunden zu mir ins Büro.«
»Lassen Sie uns bitte herein, Herr Rechter.«
»Dies ist unsere Privatwohnung. Hier haben Sie nichts zu suchen.«
Herr Mielke brüllte mit triumphierender Stimme: »Wir haben eine richterliche Durchsuchungsanordnung dabei. Öffnen Sie deshalb sofort die Tür.«
Trotz seines dünnen Pyjamas schwitzte Stefan. Julia quengelte aus dem Schlafzimmer: »Was ist denn das für ein Lärm?«
»Wir haben ungebetenen Besuch. Zieh dir kurz etwas über und bring mir bitte meinen Morgenmantel.«
Er hörte sie vor sich hinbrabbeln: »Eine Unverschämtheit, einen so früh aus dem Bett zu klingeln.«

Sie reichte ihm seinen Umhang und knotete den Gürtel ihres Mäntelchens zu. »Wer ist es denn?«
»Herr Mielke von der Hamburger Kripo mit zwei Begleitern.«
»Was ...?«
Stefan wies sie an: »Du zeigst ihnen die Wohnung. Ich prüfe die Durchsuchungsanordnung.«
Er öffnete die Tür und sagte: »Sie erwarten sicher nicht, dass ich Sie mit ‚guten Morgen' grüße. Zeigen Sie mir bitte zunächst die Durchsuchungsanordnung.«
Herr Mielke zog das Dokument aus seiner Aktentasche und reichte es ihm. Er las, dass er beschuldigt werde, die beiden Fahrzeuge, die er am Montag vom Autohändler Peter Knust erworben hat, mit Falschgeld bezahlt habe. Die Staatsanwaltschaft vermutet, dass er noch weiteres Falschgeld besitze, und befürchtet, dass Beweismittel beseitigt werden könnten.
Stefan Rechter versuchte mit mäßigem Erfolg, das Zittern seiner Hände zu unterdrücken. Um es zu vertuschen, verschränkte er die Arme vor der Brust. Innerlich kochte er vor Wut über diese Dreistigkeit. Er brauchte noch einen Augenblick, bis er riskierte zu sprechen: »Haben Sie das Geld gesehen und sich überzeugt, dass es erstens tatsächlich falsch ist und zweitens von mir stammt?«
»Davon können Sie ausgehen.«
»Da ich das Geld für die Wagen von der Bank geholt habe, ist es so gut wie ausgeschlossen, dass mir die Bank Falschgeld untergejubelt hat.«
»Wir sind hier, um weiteres Falschgeld sicherzustellen.«
»Fangen Sie bitte im Badezimmer an. Das würden wir gerne bald benutzen.«

Julia schritt voran. Innerlich bebte sie vor Wut und Ohnmacht. Einer der fremden Männer öffnete das Schränkchen im Bad und

griff hinter, zwischen und unter die Handtücher, die sie stets exakt in Drittelfaltung stapelte. Nun lehnten zwei schiefe Haufen aneinander. Vor Groll schnaufend fragte sie sich, ob sie die Frotteetücher erneut waschen sollte. Entsetzt stellte sie sich vor, wie die Kerle ihre Unterwäsche befingern werden. Das würde sie nicht mit ansehen können. Sie lotste die Schnüffler zunächst ins Wohn- und Esszimmer und von hier in die Arbeitszimmer. Überall wurden Kissen und Decken hochgehoben, Bücher aus Regalen gezogen und Zeitschriften durchblättert. Zum Glück stellten sie die Bücher wieder an die vorherigen Plätze. Sonst hätte Stefan gewiss lauthals protestiert. Das hätte die geladene Stille explodieren lassen. Als die Küche drankam, erschien Stefan im Anzug mit Krawatte. Erleichtert rief Julia: »Dann verschwinde ich jetzt im Bad, und du lässt die Herren in unser Schlafzimmer, falls sie sich das nicht verkneifen können.«
»Das wohl kaum, das ist doch der Höhepunkt des Einsatzes«, raunte Stefan ihr nicht zu leise zu.
Julia sah, wie sich Mielkes Gesicht noch mehr verbitterte. Die beiden anderen verzogen keine Miene.

Bald hörte Julia durch die geschlossene Schlafzimmertür Herrn Mielke: »Als Nächstes zeigen Sie uns bitte noch den Keller- oder Bodenraum und die Kraftfahrzeuge.«
Schlüsselgeklapper und Türschlagen verrieten Julia, dass die Männer die Wohnung verlassen hatten. Nackt huschte sie ins Schlafzimmer und kleidete sich an. Dabei wünschte sie dem Gebrauchtwagenhändler von Asthma über Pest bis Zahnweh alles nur erdenklich Schlechte. ‚Wie konnte ich mich diesem Mistkerl nur hingeben!'

Als in der Küche die Kaffeemaschine blubberte, kehrten die Männer mit vergrätzten Gesichtern aus dem Keller zurück. Stefan tönte grinsend: »Den Rest des Tages kümmern Sie sich bitte um die wahren Bösewichte und belästigen keine Recht schaffenden Bürger in ihren Wohnungen.«

Herr Mielke signalisierte den Kollegen mit einer Kopfbewegung den Abbruch der Aktion. An der Wohnungstür drehte er sich um und wandte sich in Colombomanier an Stefan Rechter: »Ach, das hätte ich beinahe vergessen, zeigen Sie uns bitte noch den Inhalt Ihres Portemonnaies.«

Mit Augenverdrehen holte Stefan Rechter seine Geldbörse, zog die Geldscheine heraus und blätterte sie ihm in die Hand: »Drei Zehner, zwei Zwanziger und fünf Fünfziger.«

Herr Mielke interessierte sich nur für die Fünfziger. Kritisch rieb er sie zwischen den Fingern. Einer seiner Begleiter reichte ihm einen Stift. Mit dem strich er über eine helle Zone der Banknote. Das Gelb verfärbte sich sofort dunkel. »Erwischt!«, strahlte er und wiederholte die Kontrolle bei den anderen Fünfzigern mit demselben Ergebnis. »Das ist eindeutig Falschgeld!«

Stefan Rechter zuckte ungläubig mit den Achseln. Julia erbleichte.

Mielkes Augen leuchteten: »Genau mit diesen Blüten haben Sie die beiden Autos bezahlt.«

»Ich habe die Wagen mit Hunderten bezahlt, die ich von der Bank geholt hatte. Meines Wissens prüfen Banken die Banknoten automatisch auf Echtheit. Wenn Ihnen Herr Knust falsche Fünfziger vorgelegt hat, stammen die nicht von mir. Diese fünf Scheine hier habe ich kürzlich von einem Mandanten erhalten, der ungewöhnlicherweise auf Barzahlung bestand. Jetzt verstehe ich auch warum.«

Sobald sie alleine waren, fragte Julia: »Sind die Fünfziger wirklich von einem Mandanten?«

Stefan nickte: »Langsam fügt sich alles zusammen. Peter Knust schickt Ohlsen, den Hühnerdieb, zu mir ins Büro, um mich dort

ohne andere Zeugen festzuhalten. Herr Ohlsen bezahlt mich mit den falschen Fünfzigern. In der Zeit holt Peter Knust mit dem Zweitschlüssel den Mercedes, um zu Abraham, dem Juwelier, zu fahren. Den raubt er aus und lässt die Perlenkette im Kofferraum zurück.«
Julia ereiferte sich: »Was für ein elendes Schwein. Erst entführt er mich und kassiert 300.000 Euro Lösegeld. Dann versucht er, dir den Juwelenraub unterzuschieben. Und nun behauptet er in seiner bodenlosen Dreistigkeit sogar noch, wir hätten die Wagen mit Falschgeld bezahlt, obwohl gar kein Geld geflossen ist. Ich verstehe nur nicht, warum du Herrn Mielke nicht die ganze Geschichte erzählt hast.«
Stefan schüttelte den Kopf: »Das können wir alles nicht beweisen. Unser Verhalten verbessert die Lage auch nicht.«
Julia wollte die Aufnahme auf ihrem Voice Recorder erwähnen, da ließ sie das Wort Verhalten aufhorchen. »Was meinst du mit Verhalten?«
Stefan stülpte die Lippen: »Wir haben die Entführung nicht angezeigt. Die ist immerhin vor zehn Tagen gewesen. Außerdem war der Autotausch ja auch nicht koscher.«
Julia schnaufte: »Mich wundert, dass der Mistkerl den Nerv hat, uns solche Schwierigkeiten zu bereiten. Dabei riskiert der Kopf und Kragen.«
Stefan stimmte ihr zu: »Notorische Spieler brauchen das vielleicht.«
Julia schloss die Augen und seufzte: »Aber wie soll das weitergehen?«
Er lächelte: »Jetzt erfüllen wir erst mal unsere täglichen Pflichten. Alles Weitere wird sich finden.« Dabei dachte er an Emil und die Detektive.

28

Vom Büro aus telefonierte Stefan Rechter mit der Bank, um sicherzustellen, dass der Kassierer, der ihm die 31.020 Euro in Hunderten ausgezahlt hatte, auch heute am Kassenschalter im Einsatz war. Nach einigen weiteren unaufschiebbaren Telefonaten flitzte er zu der Bankfiliale um die Ecke. Er stellte sich in die dreiköpfige Warteschlange und bemühte sich, nicht zu zappeln. Auf dem Namensschild am Tresen stand Caspari. Der südländisch Anmutende arbeitete flott und freundlich. Endlich kam Stefan Rechter an die Reihe: »Guten Morgen Herr Caspari, heute komme ich mit einer ungewöhnlichen Bitte. Sie haben mir letzte Woche einen hohen Bargeldbetrag ausgezahlt. Hier ist der Kontoauszug mit der Abbuchung«, er zeigte ihm den Ausdruck und fuhr fort, »erinnern Sie sich an die Stückelung?«

Herr Caspari blickte ihn überrascht an: »Bei den vielen Auszahlungen jeden Tag ist das unmöglich. Das tut mir leid.«

»Das verstehe ich. Vielleicht hilft es, wenn ich Ihnen weitere Einzelheiten nenne. Es war am Mittwochmorgen. Ich war Ihr erster Kunde. Freundlicherweise boten Sie mir einen DIN-A4-Umschlag für den Transport an.«

»Das mache ich immer, wenn die Menge nicht in ein normales Portemonnaie passt.«

Stefan Rechter merkte, wie sich die Warteschlange hinter ihm verlängerte. Der unruhige Blick seines Gegenübers verriet, dass ihm das auch aufgefallen war. Dennoch versuchte er es noch einmal:

»Sie haben gewiss nicht jeden Morgen als erstes einen Kunden, der dreihundertzehn Hunderter und einen Zwanziger abhebt.«

Sein Gesicht erhellte sich: »Das stimmt. Ich erinnere mich zwar nicht mehr, wann das genau war. Aber ich weiß noch, dass ich dachte, der Tag fängt ja gut an. Wenn jetzt noch mehr kommen und so viele Hunderter verlangen, gehen mir die Hunderter schon in der ersten Stunde aus. Ich wunderte mich auch, dass Sie 31.020 Euro haben wollten. Die 20 Euro amüsierten mich bei der hohen Summe.«

Stefan Rechter lachte zustimmend: »Ich wollte es gleich passend haben. Ich habe hier eine kurze Bestätigung vorbereitet und bitte Sie, die zu stempeln und zu unterschreiben.«

Herr Caspari las sie durch, verglich die Daten mit dem Kontoauszug und nickte. Bevor er sie unterschrieben und gestempelt zurückgab, kopierte er das Papier für die Ablage.

Zurück in seiner Kanzlei rief Stefan bei der Kriminalpolizei an. Er wählte Mielkes Durchwahlnummer und verkniff sich, ihn zu fragen, ob er der Leiter des Hamburger Frühweckdienstes sei. Stattdessen sagte er: »Hallo Herr Mielke, da Sie meinen Aussagen bislang wenig Glauben schenkten, habe ich mir von der Bank schriftlich bestätigen lassen, dass mir die 30.000 Euro in Hundertern ausgezahlt wurden. Wenn Sie damit Ihre Akte vervollständigen möchten, schicke ich Ihnen eine Kopie.«

»Das erklärt weder die sechshundert falschen Fünfziger, die Herrn Knust vorliegen, noch die fünf falschen Fünfziger in Ihrer Geldbörse.«

»Wie Herr Knust in den Besitz der Blüten gekommen ist, müssen Sie ihn fragen. Wie ich die fünf falschen Fünfziger bekommen habe, wissen Sie.«

»Sie haben mir nur noch nicht den Namen und die Anschrift Ihres Mandanten verraten.«

Der Strafverteidiger versuchte, abzulenken: »Haben Sie denn schon geklärt, ob die falschen Fünfziger aus derselben Serie stammen?«

»Damit beschäftigen sich zurzeit die Fachleute.«

»Bis wann rechnen Sie mit einer Antwort?«

»Das geht in der Regel schnell.«
»Gibt es schon neue Erkenntnisse wegen des Juwelierraubs?«
Herr Mielke schnaubte: »Solange Sie uns kein überprüfbares Alibi liefern, sind Sie nach wie vor der Hauptverdächtige.«
Der Tiefschlag ließ Stefan Rechter nach Luft ringen. Vor Wut legte er den Telefonhörer auf.

Zehn Minuten später hatte er sich so weit gefasst, dass er Emil anrufen konnte: »Hallo Emil, hier ist Stefan Rechter. Es gibt Neuigkeiten. Wann und wo können wir uns treffen?«
»Ich will mich nicht schon wieder zum Mittagessen einladen. Wenn Sie in Ihrer Schreibstube zwei Tassen Kaffee brühen können, besuche ich Sie irgendwann heute Nachmittag.«
»Sehr gerne, bis 18 Uhr bin ich allemal hier.«
»Wenn möglich, bringe ich uns einen trockenen Keks mit.«

Kurz nach 17 Uhr traf Emil mit einer Bäckertüte ein. Sein Auftraggeber startete die Kaffeemaschine und berichtete beim zischenden Tröpfeln von der Hausdurchsuchung wegen des Falschgeldes, das Peter Knust angeblich für den Verkauf der Gebrauchtwagen von ihm erhalten habe und den falschen Fünfzigern in seinem Portemonnaie.
Emil entnahm der Tüte ein Mandelhörnchen, teilte das Gebäck in zwei Hälften und legte sie auf das Papier: »Sind Sie sicher, dass Sie die Blüten von dem Mandanten bekommen haben, der sich in Luft aufgelöst hat?«
»Beträge über 20 Euro zahle ich immer mit Karte. Fünfziger habe ich deshalb selten, schon gar nicht fünf Stück.«
Emil schüttelte den Kopf: »Dann hat Sie Peter Knust mit dem Typ doppelt gelinkt.«

Stefan Rechter nickte zerknirscht: »Dabei hatten Sie mich vor dem Gauner gewarnt. Wie komme ich da bloß wieder raus?«

Emil rieb sich ausgiebig das rechte Ohrläppchen: »Zunächst brauchen Sie den ominösen Mandaten, damit er bestätigt, dass Sie zur Tatzeit im Büro waren, und er Ihnen die Blüten untergejubelt hat. Diesen Kerl kennt nur Peter Knust. Selbst wenn der Unbekannte die Bullen von Ihrer Unschuld überzeugt, kann Peter Knust Sie weiterhin nerven, sogar vom Gefängnis aus. Dem muss endlich das Maul gestopft werden.«

»Was, was ... heißt das denn?«, stotterte Stefan Rechter und legte das Hörnchen, in das er beißen wollte, wieder auf den Tisch.

»Nachhaltig gestopft ist ein Maul in einer Holzkiste zwei Meter unter der Erde. Das empfahl ich ja neulich schon.«

»Also das geht gar nicht! Davon will ich nichts wissen. Das billige ich auch nicht. Um jegliches Missverständnis auszuschließen, dafür habe ich Sie nicht beauftragt. Ist Ihnen das klar?« Sein erbleichtes Gesicht errötete.

»Keine Sorge, das ist mir klar. Ich habe nur laut überlegt, wie Sie aus Ihren Schwierigkeiten herauskommen könnten.«

Schweigend kauten und tranken sie.

Stefan besann sich: »Entschuldigen Sie, dass ich so aufgebraust bin. Sie haben es am wenigsten verdient. Aber im Augenblick bin ich ...«

Emil unterbrach ihn: »Ich verstehe das und bin froh, dass wir einer Meinung sind. Schönes Wochenende.« Er stand auf und bewegte sich zur Tür.

»Für Sie auch und vielen Dank für das halbe Leckerli.«

Stefan blieb noch über eine Stunde am Schreibtisch. Zuviel Arbeit war die letzten Tage liegen geblieben. Als er das Gebäude verließ, stieg gegenüber auf dem Parkplatz eine Frau aus einem dunkelgrauen Ford. Sie fiel ihm nur auf, weil sie unschlüssig schien, in welche Richtung sie gehen sollte.

Auf dem Heimweg sah er im Fenster des Blumenladens, dass der Händler die Preise auf den kleinen Preistafeln mit Kreide halbierte. Um Julia für den desaströsen Morgen zu entschädigen, betrat er den Laden. Während der rosa Tulpenstrauß gefällig gebunden wurde, sah er die unschlüssige Frau gegenüber am Fenster eines Tattoo-Geschäfts. Als er mit dem dicken Gebinde aus dem Laden trat, stand sie immer noch dort. ‚Traut sie sich nicht, reinzugehen?', amüsierte er sich. ‚Wie kann man sich auch nur freiwillig so schmerzhaft auf Dauer entstellen?'

Beim Öffnen der Wohnungstür roch er den süßlichen Duft eines Räucherstäbchens. Im Wohnzimmer hörte er Julia. Mit einem tiefen anhaltenden »Ooommmm« kam sie schwenkend in den Flur und verschwand mit der Rauchschwade in der Küche. Stefan zog sich im Schlafzimmer um. Das hatte sie bereits ausgeräuchert. So hatte sie im Laufe der Jahre mehrfach die Wohnung von bösen Geistern gereinigt. Ihr ernster Gesichtsausdruck dabei bremste Stefan, sich darüber lustig zu machen. Jetzt meldete Julia: »Aus den Autos habe ich das Unheil auch vertrieben.« Im Stillen bedauerte sie, dass sie sich beide nicht selbst spirituell befreien konnten. Dafür bräuchten sie fließendes Wasser, am besten Meerwasser. Von der Ersatzlösung mit gesalzenem Wasser in der Badewanne versprach sie sich keine nennenswerte Wirkung. Immerhin schützte sie sich wieder mit ihrem Hühnergottstein in der Handtasche. Leider wirkte der nicht für Stefan. Den Lochstein musste man persönlich finden. Auch ein eigenhändig gebohrtes Loch verlieh einem Stein keine Kräfte. Stefan würde so etwas ohnehin ablehnen. Um ihm und sich dennoch zu wappnen, hatte Julia in der Küche einen besonderen Trank angesetzt. Mistelteeblätter hatte sie mit kochendem Wasser übergossen und zwölf Minuten ziehen lassen. Das abgeseihte Gebräu würde sie beide nicht nur schützen, sondern auch unbesiegbar machen. Leider wusste niemand, ab wann und wie lange. Jetzt wurde der Zaubertrank auf einem Stövchen warmgehalten.

Sobald sie zusammen am Tisch saßen, bot Julia an: »Ich habe uns einen köstlichen Tee zubereitet.« Sie schenkte zwei Steingutbecherchen voll.
Stefan lobte: »Oh, wie lecker.«
‚Als ob es darum geht', dachte Julia.

Beim Essen berichtete Stefan von der Bestätigung des Kassierers und dem Telefonat mit Herrn Mielke: »Der hält mich immer noch für den Hauptverdächtigen.« Das Treffen mit Emil verschwieg er.
Julia schüttelte den Kopf und wechselte das Thema: »Im Jacobs Restaurant ist übrigens nur noch ein Speisezimmer frei. An die Tafel passen zwölf Personen. Ich habe sofort zugegriffen. Wir können uns den Raum gelegentlich anschauen. Für Musik und Tanz reicht der Platz allerdings nicht.«
»Das ist ja schade«, lachte Stefan erleichtert.
Julia griente: »Das heißt, wir brauchen für den Polterabend ein passendes Lokal zum Schwofen.«
Stefan nickte: »Wäre mir sowieso lieber als hier bei uns in der Wohnung.«

Später, als es schummrig wurde, zog er die Schlafzimmergardine zu. Dabei entdeckte er den dunkelgrauen Ford in der Parkbucht gegenüber. Kopfschüttelnd fragte er sich: ‚Hat Herr Mielke seine Praktikantin zum Observieren geschickt? Will er wissen, wann ich das Büro verlasse und wann wir die Vorhänge schließen?'

29

Am Freitagabend hatte Peter Knust sich kaum noch zurückhalten können. Aber am Samstag hielt er es nicht mehr aus. Er sehnte sich nach dem Kribbeln, dem rasenden Puls und der Atemnot beim Pokern. Die spielfreie Woche drohte, zur Entziehungstortur auszuarten. Ihm fehlten auch die Blödeleien mit seinen Pokerfreunden. Hierbei hatte er manche nützliche Information ergattert. Einer ihrer Standardwitze war, Kumpanen, die längere Zeit unangekündigt ferngeblieben waren, beim Wiedererscheinen zu siezen. Gern hatte er dabei mitgejohlt. Andererseits hasste er es, wenn über ihn gelacht wurde. Wer sich das auch noch anmerken ließ, wurde mindestens den ganzen Abend gehänselt. Um das abzuwenden, musste er sich zeigen.

Gegen 18 Uhr betrat er das Rigoletto. Igor Horvat hockte alleine an der Bar vor dem Hinterzimmer. Peter grüßte und setzte sich neben ihn. Igor nickte kaum sichtbar und flüsterte: »Der Schmuck hat nur 150.000 Euro gebracht.«
»Mir wurde gesagt, er sei 250 wert.«
»Normalerweise vielleicht, aber deine Scheiße ist ja noch am Dampfen. Solche heiße Ware wird man nur mit Abschlag los.«
»Das wusste ich nicht.«
»Mag sein, auf jeden Fall schuldest du mir immer noch 100.000 Euro.«
»Das heißt, du hast die Juwelen für 150 weggegeben?«
»Dachtest du, ich lagere sie für dich, bis uns der Preis gefällt?«

Peter schnaufte: »Nein, allerdings ich hatte ernsthaft angenommen, meine Schulden mit dem Schmuck im Wert von 750 zurückgezahlt zu haben.«

»Vergiss nicht, was wir vereinbart haben. Als ich die Klunker akzeptierte, hast du versprochen, ...«

Peter unterbrach ihn: »Ja ich weiß. Du bekommst die 100 auch. Ich bin im Augenblick nur etwas klamm.«

Igor zuckte mit den Schultern: »Wer ist das nicht? Verkauf doch dein Motorboot.«

Peter schluckte und wisperte: »Das gehört mir nicht mehr.«

Überrascht starrten Igors schwarze Augen ihn an. Endlich sprach er: »Ich gedulde mich noch eine Woche. Aber am Freitag ist Schluss, keinen Tag später. Sonst ruinierst du mein Ansehen.«

Peter brauste auf: »Mensch Igor, du kriegst deine Kohle.«

»Das kann ich dir nur raten. Du ahnst nicht, wie wichtig mir und der Familie das Ansehen ist. Lass es nicht respektlos aussehen.«

Peter seufzte: »Davon kann nun wirklich keine Rede sein. Dass ich mit Blüten gelinkt wurde und der Schmuck nur zwanzig Prozent gebracht hat, konnte ich nicht ahnen.«

»Vielleicht, aber du weißt, wie es ist. Am Ende des Tages zählt nur die Kohle in der Kralle. Also bis spätestens Freitag.« Igor drehte sich demonstrativ zur anderen Seite.

Peter zögerte und versuchte es noch einmal: »Ich dachte, wir pokern heute noch ein paar Runden.«

»Das ist völlig ausgeschlossen. Sonst denken unsere Freunde, du hättest deine Schulden bei mir bezahlt. Wenn rauskommt, dass dem nicht so ist, verliere ich meine Ehre in der Runde. Dir mag das egal sein, mir ganz und gar nicht. Zwinge mich nicht, dich vor ihnen bloß zu stellen. Also hau ab und schaff' die 100.000 ran!«

Peter stand auf: »Viel Spaß und vor allem Glück heute Abend. Grüße bitte die Anderen von mir.«

Bemüht aufrecht verließ er das Lokal. Er fühlte sich nicht nur ausgeschlossen, sondern auch massiv bedroht. Igors Bedenken, sein Ansehen könnte leiden, kam einer Morddrohung sehr nahe. Wenn bei den Zigeunerfamilien die Ehre in das Spiel kommt, gelten deren Gesetze. Wobei die in Peters Kreisen in diesem Fall identisch waren. Spielschulden sind Ehrenschulden. Wer seine Ehre verliert, verliert sein Leben. Wer das durchgehen lässt, ramponiert seine eigene Ehre.

Da sich Peter vorstellen konnte, wie die Schmach des Ausschlusses und die Angst um sein Leben ihm in das Gesicht geschrieben standen, verzichtete er, anderswo einzukehren. Das könnte nur sein Image als erfolgreicher Autohändler ankratzen. Waidwund schlurfte Peter zu seiner Wohnung. Auf den letzten Metern regnete es.

30

In der Nacht von Samstag auf Sonntag besoff sich Peter Knust mit allem, was vorrätig war. Das löste zwar das Problem nicht, ließ ihn immerhin wenigstens zeitweise die Sorgen vergessen. Am späten Sonntagnachmittag überlegte er, wie er bis Freitagabend 100 Tausend Euro in bar auftreiben könnte. Verbittert dachte er an die 100 Milliarden Dollar, die Anleger vor wenigen Tagen für Aktien von Facebook, ein Unternehmen, das noch nie Gewinne erzielt hatte, hingeblättert hatten. In der Sonntagszeitung las er von der bevorstehenden Sonderausstellung in der Kunsthalle. Unter den Fotos von drei Gemälden waren Schätzwerte angegeben. Mit nur einem von denen ließen sich alle seine Schulden tilgen. Beim Auspacken und Aufhängen der Meisterwerke könnte es durchaus günstige Klaugelegenheiten geben. Wenn die Ausstellung erst für das Publikum eröffnet war, sah er wegen des erprobten Sicherheitssystems keine Chancen. Ob Igor allerdings nochmals Naturalien akzeptieren würde, bezweifelte Peter. Nach den Erfahrungen mit den Schmuckhehlern wäre es auch unwahrscheinlich, so bis Freitag genügend Bargeld zu beschaffen. Seines Wissens wurden berühmte Gemälde ohnehin meistens im Auftrag mit vorher vereinbarten Preisen gestohlen. Das wäre auf die Schnelle als Outsider unmöglich zu organisieren. Für ihn kam auch deshalb nur noch Bargeld infrage.

Sich das Geld zu leihen, brächte nur einen kurzen Aufschub, der das Problem obendrein erheblich verteuern würde. Da Banken ihm seit Jahren keinen Kredit mehr gewährten, müsste er sich an Kredithaie wenden. Die Halsabschneider hießen nicht nur wegen der Wucherzinsen so.

Die 100.000 bei einer Bank zu rauben, wäre aussichtslos. So viel Bares hatten noch nicht einmal durchschnittliche Bankfilialen vorrätig. Außerdem schützten die sich gegen Überfälle so perfekt, dass es seit Jahren keinen erfolgreichen Banküberfall mehr gegeben hatte.
Drogengeschäfte werden üblicherweise bar abgewickelt. Aber um in den Kreis der größeren Beträge zu gelangen, fehlten Peter die Verbindungen. Die ließen sich kurzfristig nicht aufbauen. Noch aussichtsloser wäre es, Waffenschiebern die Kohle abzujagen. Meistens lief das mit Ausländern, zu denen er kaum Kontakt pflegte. Es nochmals mit Lösegeld zu versuchen, behagte ihm nicht, zumal er Olli bräuchte, um es durchzuführen.

Einzelhändler wertvoller Produkte können zwar durchaus 100.000 Euro Tagesumsatz erzielen. Leider blecht die Mehrzahl der Kunden mit Plastikkarten. Das Gleiche gilt für teure Restaurants. Aber wie ist das bei gut gehenden Günstigen? Bei McDonald`s bezahlt jeder bar. Peter hatte gehört, dass in einer erfolgreichen Filiale täglich über zehntausend Gäste einkehren. Wenn im Durchschnitt für mindestens für 10 Euro verzehrt wird, liegen am Ende des Tages allemal 100.000 Euro in der Kasse. Die ohne Partner aus dem Hinterzimmer zu holen, wäre nur mit Blutbad machbar. Dafür arbeiten dort zu viele. Wenn irgend möglich, wollte Peter mit niemandem teilen und auch gerne auf Mitwisser verzichten. Alleine könnte er allenfalls den Geldabholer überfallen. Wenn die Kohle erst im Tresortransporter verladen war, sah er keine Chancen für sich. Das haben die oft genug durchdacht und geübt.

Ungeduldig wartete er, bis es endlich um halb zehn dunkel wurde. Dann begutachtete er die äußeren Gegebenheiten der großen McDonald`s an den Ausfallstraßen. Bei geeigneten Kandidaten prüfte er die Fluchtwege und Versteckmöglichkeiten. Bei seinem Favoriten an der Eiffestraße legte er sich auf die Lauer. Kurz vor Mitternacht rangierte ein Geldtransporter mit der Aufschrift ‚Hansa-Security-Service' rückwärts auf den Lieferantenparkplatz neben den Müllcontainern hinter dem Gebäude. Genau das hatte Peter Knust erwartet. Zwei Männer in grauen Uniformen stiegen aus. Einer hielt einen wahrscheinlich leeren Metallkoffer in der Hand. Sie betraten das Restaurant durch den Haupteingang. Nach wenigen Minuten trug einer der beiden solch einen Geldkoffer aus dem Hinterausgang zum Transporter, öffnete die Ladetür, schob ihn hinein und schloss die Klappe ab. Dann setzte er sich auf den Fahrersitz. Kurze Zeit später kam der andere mit zwei kleinen Pappschachteln aus dem Eingang, schritt zum Fahrzeug und nahm als Beifahrer Platz.

Da sie nicht sofort losfuhren, vermutete Peter, dass sie aßen. Der Ablauf entsprach vermutlich nicht den Sicherheitsvorschriften. ‚Hoffentlich stillen morgen Abend dieselben laxen Heinis ihren Hunger hier.'

31

Am nächsten Abend suchte Peter Knust einen Parkplatz beim Zwick am Mittelweg. Das dauerte zwar länger, als wenn er zu Fuß gelaufen wäre, aber heute ging es um mehr. Nach 22 Uhr füllte sich die Szenekneipe. Vor dem Tresen bildete sich eine zweite Reihe. Peter wuselte umher, begrüßte jeden, den er auch nur entfernt kannte, und knüpfte kurze Gespräche an. Möglichst viele Gäste sollten bezeugen können, dass er im Zwick war.

Gegen 23:00 schlüpfte er nach draußen. Da drinnen geraucht werden durfte, fror hier nicht der übliche Raucherpulk. Peter war überzeugt, dass keiner seiner Bekannten mitbekam, dass er wegfuhr. Es nieselte nicht mehr. Der Asphalt glänzte noch nass. Bevor er auf den McDonald`s Parkplatz an der Eiffestraße abbog, schaltete er das Fahrlicht aus. So wollte er unerkannt bleiben, falls es versteckte Kameras geben sollte. Er parkte den immer noch nicht verkauften Mercedes, mit dem er Julia Blank zur Geldübergabe kutschiert hatte, in Fahrtrichtung dicht bei der Ausfahrt. Der verblichene Lack tarnte ihn in der Dunkelheit besser als frischere Wagen. Peter stieg aus. Die automatische Innenbeleuchtung hatte er vorher ausgeschaltet. Um im Notfall keine Zeit zu verlieren, schloss er bewusst nicht ab.

Neben dem Weg zwischen Hinterausgang und Lieferantenparkplatz drücke er sich, ohne Zweige zu brechen, in das Gebüsch. Die Erde roch modrig. Feuchte Blätter hinterließen dunkle Flecken auf den Ärmeln seines braunen Blousons. Die Sneakers zogen Wasser.

Peter Knust wartete mit nassen Socken. Vergeblich schaute er auf die Armbanduhr. Die Finsternis verbarg die Stellung der Zeiger. ‚Bin ich etwa zu spät gekommen?' Die Vision, Igor nicht bis Freitag die 100.000 Euro zu übergeben, ließ ihn erschaudern. Er zwang sich, weiter zu warten. Mit den Fingerspitzen ertastete er mehrmals die Ausrüstung. Alles steckte griffbereit in den Außentaschen.

Endlich kam der Geldtransporter und rangierte rückwärts auf den Lieferantenparkplatz. Wieder stapften zwei Uniformierte zum Eingang. Ob es dieselben vom Vorabend waren, konnte Peter nicht erkennen. Schneller als erwartet verließ der Bote mit dem Gepäck das Rotklinkergebäude durch den Hinterausgang. In der kurzen Zeit konnten die Koffer nur getauscht worden sein. Peter zog sich die Strickmaske mit den Sehlöchern über das Gesicht. Der Bote näherte sich. Einen Schritt vor seiner Position sprang Peter dem Kofferträger entgegen, hielt den Atem an und presse den Finger auf den Auslöser. Ein milchiger Gasstrahl traf den Ahnungslosen mitten ins Gesicht. Der ließ den Koffer fallen und bedeckte nach Luft schnappend mit beiden Händen die Augen. Taumelnd sank er zu Boden. Peter fing ihn auf. Dabei klebte er dem Opfer ein breites Pflaster über den Mund. Es reichte auf beiden Seiten über die Ohren bis zu den Haaren. Da er sich immer noch mit den Händen die wie Feuer brennenden Augen zuhielt, band Peter ihm zunächst die Fußgelenke fest aneinander. Als er dessen gewahr wurde, war es bereits zu spät. Er versuchte zwar noch, Peter von sich zu stoßen. Doch der nutzte die Gelegenheit, dem angeschlagenen Blinden die

Hände zu fesseln. Nun zog Peter den stummen Wehrlosen hinter das Gebüsch. Den Koffer steckte er in einen schwarzen Sack. Möglichst normal schritt er ohne Maske zu seinem Wagen, warf die Beute auf den Beifahrersitz und zog die Fahrertür zu. Erleichtert über den erfolgreichen Raubüberfall schloss er die Augen und atmete tief durch. Mit dem Zündschlüssel in der Hand beugte er sich zum Starten vor. In diesem Augenblick spürte er etwas Hartes an der Kehle, das ihn zurück an die Lehne presste. Eine fremde Stimme flüsterte: »Wenn du machst, was ich sage, kommst du mit dem Leben davon. Leg deine Hände langsam auf das Lenkrad. Wenn du zappelst, fließt dir dein Blut in den Kragen. Wenn du raufst, spritzt es gen Himmel. Hast du das verstanden? Nicht nicken, sondern leise ja sagen.«
»Ja«, wisperte Peter. Seine zitternden Hände hielten sich am Steuer fest. Vergeblich starrte er in den Innenspiegel. Die Kopfstütze verbarg das Gesicht. Er sah nur die blanke Klinge eines langen Messers an seinem Hals. Todesangst ließ seinen Puls galoppieren. Angstschweiß kühlte den glühenden Leib nicht. Seine Gedanken rasten. ‚Wie komme ich hier wenigstens mit dem Leben davon?' Er hoffte, dass seine Stimme nicht versagte oder allzu sehr zitterte, als er fragte: »Hat dich Igor geschickt?« Peter war auch ohne Bestätigung überzeugt, dass der Zigeuner den Kerl gesandt hatte. »Sage Igor, dass er die 100.000 auf jeden Fall bis Freitagabend bekommt.«
»Bring ihm nicht die Kohle aus dem Koffer. Die wird unbrauchbar, wenn du ihn gewaltsam öffnest. Hast du das verstanden? Nicht nicken, nur ja sagen.«
»Ja, aber wieso unbrauchbar?«
»In diesen Behältern sind Farbbomben. Durch die werden die Scheine für immer verfärbt. Bevor du jetzt ohne Beute aussteigst, will ich sehen, dass der Zündschlüssel steckt. Ich stelle deine Karre hier in der Gegend ab. Dann brauchst du nicht zu Fuß nach Hause laufen.«

Peter spürte die Klinge noch am Hals. Er unterdrückte den Drang, sich hastig zu bewegen. Sachte führte er die rechte Hand mit dem Schlüssel zum Zündschloss und schob ihn hinein. Dann nahm er die linke Hand vom Lenkrad und öffnete die Fahrertür. Vorsichtig lehnte er sich nach links. Als er das Messer nicht mehr fühlte, drückte er die Tür auf und ließ sich seitlich aus dem Mercedes fallen. Er rappelte sich auf und wetzte zur Straße. Dabei hörte er eine andere Stimme rufen: »Teo, wo bist du?« Vermutlich suchte der zweite Mann des Geldtransporters seinen Kollegen. Peter eilte auf dem Bürgersteig stadtauswärts. Bei der ersten Kreuzung stellte er sich in den unbeleuchteten Hauseingang einer Spedition. Von hier konnte er beobachten, wohin der Messerstecher mit seinem Mercedes floh. Die entgegengesetzte Richtung versperrten Mittelleitplanken. Er wunderte sich, dass der Wagen noch nicht bei ihm vorbeigekommen war.

Wenn er in Sichtweite des Autos geblieben wäre, hätte er das Drama mitbekommen. Der Kerl warf sich mit aller Kraft im Fond so auf beide Seiten, dass der Wagen schwankte. Doch die hinteren Türen ließen sich nicht von innen öffnen. Die Kindersicherung, die Peter Knust in der vergangenen Woche für Julias Transport eingestellt hatte, verriegelten noch die Hintertüren. In seiner Not krabbelte der Eingesperrte mit dem Oberkörper über den Fahrersitz und zwängte die Beine durch den Spalt zwischen den Vordersitzen. Schweißgebadet hockte er endlich am Lenkrad und bedankte sich für seine schmächtige Figur. Dann starte er den Motor und brauste los. An der ersten Kreuzung bog er nach rechts ab. Sein Opfer im dunklen Hauseingang bemerkte er nicht. Bei der nächsten Querstraße fuhr er auf die Wendenstraße stadteinwärts und parkte hinter seinem Wagen. Nachts waren hier im menschenleeren Gewerbegebiet fast alle Parkplätze am Straßenrand frei. Er notierte sich die Registriernummer des Metallkoffers. Dann trug er den Sack zum Gebüsch neben dem Bürgersteig und schob ihn so tief hinein, dass er nicht mehr zu sehen war. Den Mercedes ließ er stehen und machte sich mit seinem Toyota Kleinwagen auf den Heimweg.

Zehn Minuten später traute Peter Knust seinen Augen nicht. Sein Auto stand tatsächlich, wie versprochen, am Straßenrand. Die Fahrertür war nicht abgeschlossen. Der Zündschlüssel steckte neben dem Lenkrad im Schloss. Um sein Alibi nicht zu gefährden, raste er zurück zum Zwick und mischte sich unter die Zecher. Keiner fragte ihn, wo er gewesen war. Um seine Wut und Enttäuschung hinunterzuspülen, schluckte er viele Körner.

32

Sobald der Kollege den Überfall auf Teo gemeldet hatte, war die mitternächtliche Gemütlichkeit in der Zentrale des HSS (Hansa-Security-Service) vorbei. Dem Einsatzleiter gelang es nur mit Gebrüll, die wenigen Anwesenden von spontanen Rettungsaktionen abzuhalten und den Notfallplan einzuhalten.

Fünf Minuten später wurde erneut angerufen. Teo war lebend gefunden worden. Der Notarzt war schon unterwegs. Der Tatendrang ebbte ab. Die Aufgeregten warteten auf erlösende Befunde des Arztes. Dabei erzählten sie sich Horrorgeschichten von früheren Überfällen und übertrumpften sich gegenseitig mit Vorschlägen für Racheaktionen.

Nach einer halben Stunde erlöste sie die Nachricht, dass keine Lebensgefahr mehr für das Opfer bestand. Ob allerdings die Augenverätzungen bleibende Schäden hinterließen, war noch nicht absehbar. Ebenso erleichtert wie besorgt verließen die meisten die Zentrale. Als endlich wieder die routinierte Ruhe eintrat, bemerkte der Schichtleiter eine E-Mail im Posteingang seines Rechners:

An die Firma Hansa-Security-Service.
Bei einem nächtlichen Spaziergang sah ich eben, wie ein Mann einen Sack aus einem dunklen Mercedes (HH-PK???) hob, ihn ins Gebüsch schob und davonfuhr. Ich hielt ihn für einen der Mülllümmel, die unsere Stadt verdrecken. Empört schaute ich mir an, um was es sich handelte. Dabei entdeckte ich einen Behälter mit der Nummer Hansa-Security-Service HSS 56 25 37.
Wenn der Koffer Ihrer Firma gehört, und Sie ihn zurückhaben wollen, melden Sie sich bitte bei mir. Wenn Sie mir mindestens den gesetzlichen Finderlohn bezahlen, zeige ich Ihnen, wo ich ihn gefunden habe. Um meine Ansprüche korrekt bewertet zu bekommen, möchte ich bei der Öffnung dabei sein. Außerdem nennen Sie mir bitte für die Berechnung des Finderlohns den Wert des leeren Behälters.
MfG Emils Detektivbüro

33

Am nächsten Morgen wachte Peter Knust verkatert auf. Erst beim dritten Versuch bekam er die Augen so weit auf, dass er den Nachttischwecker erkennen konnte. Es war bereits 10:45 Uhr. Er rollte sich aus dem Bett und schwankte zum Bad. Dabei bemerkte er seine geschwollene Zunge im ausgedörrten Mund. Um nicht noch im letzten Augenblick zu verdursten, stülpte er sofort die Lippen unter den Wasserhahn. Gierig schluckte er das kühle Nass. Das belebte ihn. Dadurch erinnerte er sich an seine missliche Lage. Den Überfall auf den Geldboten hatte er gut gemeistert. Leider wurde ihm die Beute gleich wieder geraubt. Er hatte niemanden erzählt, was er vorhatte. Nur Igor wusste, dass er dringend 100.000 Euro auftreiben musste. Doch der hätte die Geldbeschaffung gewiss nicht gestört. Auf jeden Fall hatte er jetzt nur noch vier Tage, die Schulden zu begleichen. Dieser Gedanke trieb ihn ohne Frühstück aus dem Haus und auf dem schnellsten Weg zur Firma. Als er auf den Hof fuhr, polierte Yaver, sein marokkanischer Gehilfe, Autos. Das war seine Standardaufgabe, wenn nichts Besonderes anlag. Sie winkten sich zu. Peter hockte sich an den Schreibtisch und dachte nach. Dabei biss er sich die Lippen. Bislang waren sämtliche Versuche, die Spielschulden zu tilgen, gescheitert. Die Geisel wurde mit Blüten freigekauft. Der gestohlene Schmuck brachte zu wenig. Der Geldkoffer wurde ihm gleich wieder abgenommen und wäre wahrscheinlich sowieso wertlos. Solch eine Serie an Misserfolgen hatte er noch nie erlebt. Normalerweise gelang ihm immer alles. Nur so hatte er seinen Gebrauchtwagenhandel aus dem Nichts aufgebaut. Es gab größere in Hamburg. Aber als kleiner unbedeutender Krauter galt er nicht. Was hatte er falsch gemacht? Er hätte sich natürlich kein Geld beim Pokern leihen dürfen, vor allem nicht soviel. Damit begann die Pechsträhne. Nur das hatte er vorher auch schon mehrmals gewuppt. Was war diesmal anders? Gab es eine Gemeinsamkeit bei den Fehlschlägen? Das Einzige, was Peter dazu einfiel, war, dass er keine Erfahrung mit Entführungen und Überfällen auf Juweliere oder Geldboten hatte. Offenbar bewahrheitete sich die alte Weisheit ‚Schuster bleib bei deinen Leisten'. Nur mit dem Ankauf und Verkauf von Personenwagen kannte er sich aus. Wenn diese Woche ein Dutzend Käufer kämen, würde der Umsatz dicke reichen, Igors Forderung zu begleichen. Das war zwar nicht ausgeschlossen, aber darauf zu hoffen, hielt er für zu riskant. Sein Leben wollte er nicht vom Glück abhängig machen. Wesentlich sicherer wäre es, wenn ein Kunde für ein Dutzend seiner Wagen käme. Peter ging im Geiste die Kandidaten durch. Keiner blieb übrig. Entweder hatten die Händler den Hof voll oder die Taschen leer. Ideal wäre ein Neueinsteiger mit reichlich Kohle. Ob es so einen zurzeit in Hamburg gab, wusste er nicht. Den würde er jedoch nicht hier am Schreibtisch finden.

Peter ging zu Yaver und sagte: »Ich muss etwas erledigen. Ich weiß nicht, wie lange das dauern wird. Du machst hier weiter, bis ich zurück bin. Lass keinen vom Hof, der ein Auto kaufen will. Wenn er bis Freitag bar bezahlt, verhandel den Preis, bis ihr euch einig seid. Rufe mich vor Vertragsabschluss an. Hast du das verstanden?«
Yaver blinzelte ungläubig, dann strahlte er und bestätigte: »Ja Meister. Ich verkaufen Autos, wenn Kunde diese Woche bezahlen. Preis telefonieren mit Meister.«

Kaum war Peter Knust im verräucherten SLK davongebraust, informierte Yaver seinen ältesten Bruder. Der benachrichtigte sofort die Familie und angeheirateten Familien. Bald stromerten marokkanische Männer um die Autos herum. Yaver feilschte mit ihnen auf

Arabisch. Oft trennten sie sich aufgebracht, um kurz darauf wieder brabbelnd und fuchtelnd zusammenzustehen.

In der Zeit besuchte Peter Knust Konkurrenten, mit denen er nicht gar zu verfeindet war. Wie erwartet, zeigte keiner Interesse, ihm für 100.000 Euros Wagen abzukaufen. Sie kannten auch niemand, den er fragen sollte. Peter ließ sich nicht entmutigen und klapperte sie alle ab. Schließlich überwand er sich, den arroganten Branchenprimus in seinem schicken Büro mit Ledergarnitur anzusprechen. Der blaffte ihn an: »Was soll ich mit deinen Gurken?«
»Schade, kann ich aber verstehen, deine Halle ist ja auch bestens bestückt. Ich hoffte, dass du als Platzhirsch jemand kennst, der Interesse haben könnte.«
Der Geschmeichelte lehnte sich auf dem hochlehnigen Chefsessel zurück, mimte den Nachdenklichen und beugte sich dann gönnerhaft vor: »Frage den Kolumbianer. Der war kürzlich hier und wollte den ganzen Laden übernehmen. Ich habe ihn weggeschickt. Er hat seine Visitenkarte hiergelassen.« Dabei zog er die obere Schublade des Schreibtisches auf und begann zu wühlen. Sie war randvoll in loser Schüttung mit Papieren gefüllt. So erklärte sich die aufgeräumte Schreibtischplatte. Endlich fischte er ein Kärtchen heraus.
Peter Knust las:
Don Zorro, Kfz-Handel, Mobilfunknummer

»Don Zorro muss ja knietief in Kohle stehen, wenn er deinen Laden übernehmen wollte.«
»Vielleicht soll er Drogengeld waschen.«
Peter Knust griente: »Bei Kolumbianern ist das auch immer mein erster Gedanke. Darf ich das Kärtchen behalten?«
»Was tut man nicht alles für die Not leidende Konkurrenz.«

Mit vagen Hoffnungen kehrte er zu seiner Firma zurück. Yaver stand umringt von gestenreich palavernden Landsleuten vor einem Kombi. Sie fuchtelten mit den Armen. Als Yaver den Chef erkannte, zerstreute sich die Menge. Er berichtete, dass einige ernsthafte Interessierte Angebote abgegeben hatten. Er brauche nur noch ein paar Stunden für die Abschlüsse. Peter nickte und verschwand in seinem Kabuff. Er kannte diese Klientel. Der schlug offenbar keine Stunde. Bei der Hitze blühten die Feilscher zur Höchstform auf.

Ihn drängte es, Zorro anzurufen. Der Kolumbianer ließ sich den Standort und das Geschäftsvolumen beschreiben. Er versprach, gegen 17 Uhr vorbeizukommen. Peters Zuversicht stieg. Sie ebbte indes rapide ab, als Zorro um 17:15 Uhr immer noch nicht eingetroffen war. Er bedauerte sogar schon, dass er den Marokkanerclan vertrieben hatte.

Kurz nach Halbsechs blubberte ein dunkler Hummer auf den Hof. Der Fahrer stieg aus. Neben der Monsterkarre wirkte er grazil. Das schwarze Latinohaar ließ Peter vermuten, dass es Don Zorro war. Sie begrüßten sich und schlenderten an den angebotenen Fahrzeugen vorbei. Schließlich setzten sie sich in das ehemalige Kassenhäuschen und verhandelten.

Don Zorro zeigte Interesse, den ganzen Laden zu übernehmen und erkundigte sich vor allem nach offenen Krediten gegenüber Banken, Lieferanten und Vermieter. Seine Firma wollte Peter unbedingt behalten. Wie stände er sonst da? Das durfte Zorro allerdings nicht merken. Er erklärte ihm deshalb, dass die Firmenübernahme mehrere Wochen dauern würde, er jedoch sofort 120.000 Euro in bar brauche. Nach langem Hin und Her einigten sie sich. Zorro kaufte acht hochpreisige Autos, die für 240.000 Euro angeboten wurden, mit fünfzig Prozent Händlerrabatt. Das schmerzte Peter besonders. Die Fahrzeuge wollte Zorro am nächsten Tag gegen Barzahlung abtransportieren. Bis Ende Juni sollte die Übertragung der Firma abgeschlossen sein. Im Stillen beabsichtigte Peter, sie platzen zu lassen. Ihm gelang es kaum, seine Erleichterung zu verbergen. Sobald er allein war, tanzte er um den Schreibtisch. Auf dem Heimweg trommelte er selig mit beiden Händen auf dem Lenkrad. Jetzt würde endlich alles wieder gut werden.

34

Am Mittwochmorgen saß Peter Knust bereits um 8:45 Uhr am Schreibtisch und füllte die Kaufvertragsformulare aus. Gegen 9:30 Uhr rollte der schwarze Hummer auf den Hof. Don Zorro betrat das Kassenhäuschen mit einer kleinen Adidas Sporttasche in der Hand. Er grüßte: »Buenos, Transporter kommen bald.«
Peter zeigte ihm die Verträge und Kfz-Briefe. Zorro verglich die Daten. Dann öffnete er die Nylontasche und legte zwölf bauchige DIN-A4-Briefumschläge auf den Tisch. Dazu erklärte er: »Mira, 10.000 Euro sind in jedem. Du zählen. Ich kontrollieren die Fahrgestellnummern.«
Peter nickte und fragte: »Darf ich die Tasche behalten?«
»Claro.«, grinste Zorro und nahm die acht Autoschlüssel entgegen. Während Zorro draußen die eingestanzten Fahrgestellnummern mit den Papieren abglich, traf ein Autotransporter ein. Der Sattelzug war zu lang für das Gelände und musste auf der Straße parken. Der Fahrer belud die zweistöckige Ladefläche routiniert. Peter schlitzte in der Zeit die Umschläge auf und zählte die bunt gemischten Geld-

scheine. Beiden unterliefen keine Fehler. Alle acht Autos standen ohne Kratzer oder Beulen dicht gedrängt auf dem Transporter. In jedem der zwölf Kuverts fand Peter 10.000 Euro. Da das Geld unsortiert war, dauerte das Zählen so lange wie das Beladen. Don Zorro und Peter Knust verabredeten sich für Mittwoch, den 6. Juni, um die Firmenübernahme zu besprechen. Dann würde auch der Maiabschluss vom Steuerberater vorliegen.

Der Hummer folgte dem Abholer. Peter rangierte seinen verräucherten SLK in die Garage neben dem Kassenhäuschen. Zehn Geldpakete legte er in die Sporttasche. Darüber drapierte er ein benutztes Händehandtuch. Die Tasche stellte er in den SLK hinter den Fahrersitz. Das restliche Geld verstaute er in seiner Jacke. Vor Erleichterung schnaufte er, lehnte sich zurück und schloss die Augen. Was er jetzt vorhatte, widersprach der goldenen Regel, die ihm vor vielen Jahren ein erfahrener Autohändler gelehrt hatte. Einnahmen aus einem Verkauf müssen vor allem in den Einkauf investiert werden. Allenfalls darf ein Teil des Gewinns für die laufenden Kosten ausgegeben werden. Nur wenn dann noch etwas übrig bleibt, darf man sich etwas gönnen. Weil er das meistens beherzigt hatte, war sein Geschäft gewachsen. Nur durch das verfluchte Pokern hatte er herbe Rückschläge erlitten. Die ersten Male hatte er sich danach geschworen, nie wieder Karten zu berühren. Inzwischen wusste er, dass das aussichtslos war. Dieser Sucht war er unheilbar verfallen. Es hing auch viel mehr dran als nur der Nervenkitzel beim Spiel. Wie sehr er die vertraute Männerrunde vermisste, war ihm in den letzten Wochen schmerzlich bewusst geworden.

Das Klacken von Stöckelschuhabsätzen auf dem Terrazzoboden riss ihn aus der Nachmittagsdöse. Vor ihm stand eine flotte Lola. So nannte er Frauen mittleren Alters, die sich zu auffällig aufdonnern. Die zu häufig blondierten Haare schimmerten rötlich. Die Korkenzieherlocken reichten über die Schultern. Die paprikarote Bluse ließ sich nicht züchtig zuknöpfen, weil sie für die Fülle zu eng war. Der schwarze Stretchrock bedeckte nur den oberen Teil der Schenkel. Peter Knust sprang auf und grüßte freundlichst: »Hallo schöne Frau, wie kann ich Sie glücklich machen.«

Lola schmunzelte: »Versuchen Sie es mal mit einem schicken Flitzer für mich.«

»Da sind Sie bei mir genau richtig.« Dabei umrundete er den Schreibtisch und schritt nach draußen. Lola tippelte hinterher. Gemeinsam passierten sie einige Mittelklasse Limousinen und einen 911er-Porsche am Ende der ersten Reihe.

Lola fragte: »Was ist mit dem roten Porsche?«

Peter bezweifelte, dass sich Lola den leisten konnte, und schleimte: »Der Wagen ist zwar im guten Zustand, allerdings bevorzugen ältere, um Jugendlichkeit bemühte Damen diesen Klassiker. Zu Ihnen würde der Mini Cooper hier oder noch besser das BMW Cabrio dort passen.«

»Aber die sind farblich so trist. Ich möchte lieber einen auffälligeren Wagen. Was ist mit dem Goldenen dahinten?«

»Der Camaro ist was ganz Feines. Der Unverwüstliche wird noch Jahrzehnte alle Blicke auf sich ziehen.« Tatsächlich hatte Peter den amerikanischen Sportwagen in der hintersten Ecke versteckt. Ihm war der lahme Schluckspecht peinlich. Den unpassend Umlackierten hatte er vor vielen Monaten in Zahlung nehmen müssen, um einen überteuerten BMW-Geländewagen verkaufen zu können. Lola umrundete den Eckensteher, strich mit der Hand über Bug und Heck und bückte sich, um in die Fenster zu schauen. Dabei begutachtete Peter ihr prall gefülltes Dekolleté. Die Einsicht gefiel ihm genauso gut wie die Aussicht, die Amischleuder endlich loszuwerden. Da bimmelte Lolas Handy. Sie meldete sich mit: »Ja, hallo.« Schweigend hörte sie zu und antwortete: »Toll Schatzi, dann bis gleich.« Sie wandte sich an Peter Knust: »Ich muss leider los. Ich komme spätestens Morgen wieder. Geben Sie bitte nicht meinen Goldy weg.«

Auf dem Rückweg fielen Peter die Lücken durch Zorros Abholung auf. Dadurch entstand der Eindruck, dass man hier schnell zugreifen sollte, um nicht leer auszugehen. Das wollte er zukünftig berücksichtigen.

Alleine zurück in dem Kassenhäuschen rief Peter sogleich Igor an. Sie verabredeten sich für den frühen Abend beim Italiener Rigoletto.

Wenn Peter nicht durch das Telefonat abgelenkt worden wäre, hätte er beobachten können, wie Lola auf der anderen Straßenseite in einen maßlos unauffälligen Toyota einstieg. Der Fahrer reichte ihr Geldscheine und fuhr mit Lola davon.

35

Am Abend, es war immer noch fast 30 Grad heiß, stolzierte Peter mit der Adidas Tasche zu dem Stammlokal Rigoletto. Am liebsten hätte er sie ausgelassen geschlenkert. Die Bar vor dem Hinterzimmer war noch verwaist. Er zappelte eine Viertelstunde auf dem Barhocker, bis Igor eintraf. Sie verzogen sich in das Pokerstübchen und schlossen die Tür ab, um nicht gestört zu werden. Peter überreichte die Sporttasche und erklärte: »Hiermit habe ich endlich

meine Schulden beglichen. In den zehn Umschlägen sind jeweils 10.000 Euro. Ich habe sie gezählt.«
Igor feixte: »Du glaubst nicht, wie gerne ich Geld zähle. Das kommt gleich nach Tittengrapschen.« Er holte einen Briefumschlag aus der Tasche und zog die Scheine aus dem ersten Kuvert. Peter staunte, wie geschwind Igor den Wert der Noten leise murmelnd addierte und in sortierte Haufen stapelte. Diese schob er danach wieder in die Umschläge. Beim Entleeren der vierten Tüte stutzte er. Statt der Euroscheine hielt er einen Packen Klopapier in der Hand. »Ach nee, diesmal bescheißt du mich mit Scheißpapier. Vielen Dank, dass es unbenutztes ist.« Dabei lief sein Gesicht rot an.
Peter erbleichte und stotterte: »Das, das kann doch nicht sein. Kurz bevor ich dich vorhin anrief, habe ich den Inhalt genau geprüft.«
»Kommt jetzt wieder Peterchens Märchenstunde? Hofftest du, dass ich den Unterschied zwischen Papiergeld und Toilettenpapier nicht merke?«
»Mensch Igor, wir kennen uns lange genug. Du weißt, dass ich dich nie betrügen würde.«
»Wie man`s nimmt. Erst jubeltest du mir Falschgeld unter. Dann versuchtest du es mit geklauten Klunkern, die sich als nahezu unverkäuflich erwiesen. Und nun diese Nummer, die einer Verarschung im wahrsten Sinne des Wortes sehr nahekommt. Was steckt denn in den anderen Umschlägen?«
Sie fanden nur noch Klopapier. Igor lehnte sich mit versteinerter Mine zurück. Endlich brach er das unerträgliche Schweigen: »Von den restlichen 100.000 Euro fehlen immer noch 70.000. Sieh zu, dass du die bis Freitagabend lieferst!«
»Bis Freitag bekommst du dein Geld. Das ist klar. Aber ich frage mich, wer mich diesmal gelinkt hat.« Den Fehlschlag bei McDonald`s verschwieg er, um nicht für alle Zeiten als totaler Loser dazustehen. Er fühlte sich elend. Da er befürchtete, dass man ihm die

erneute Blamage ansah, verdrückte er sich sofort nach Hause. Seinen Pokerfreunden wollte er sich so nicht präsentieren. Zumal ihm heute deren sonst so geschätzten Frotzeleien unerträglich wären.

Auf dem Heimweg traf er zum Glück keinen Bekannten. Dunkle Gewitterwolken brauten sich zusammen. In der Wohnung pendelte seine Stimmung zwischen Wut und Selbstmitleid. Wenn er wüsste, wen, würde er den Dieb auf der Stelle krankenhausreif schlagen. Er war kurz davor, ersatzweise die Wohnzimmereinrichtung zu zertrümmern. Andererseits war er vor Enttäuschung den Tränen nahe. Beim letzten Versuch hatte er sogar hochanständig auf jegliches Verbrechen verzichtet. Er hatte dem Kolumbianer die besten Wagen zum halben Preis verkauft. Aber selbst diese Wohltat dankte ihm das Schicksal nicht. Schnaufend biss er die Zähne aufeinander und ballte die Fäuste, um nicht zu heulen. Das steigerte seinen Hass noch mehr. Draußen krachten Blitze dicht gefolgt von Donnerschlägen. Erbittert rannte er durch die Zimmer. Schließlich warf er sich auf das Bett und schloss die Augen. Das Gewitter verzog sich. Langsam beruhigte er sich so weit, dass er überlegte, wer die 70.000 Euro gegen Klopapier ausgetauscht haben könnte. Zeitlich kamen nur die wenigen Stunden nach seinem Geldzählen und der Übergabe an Igor infrage. Die Sporttasche hatte er in den SLK gestellt. Der Wagen stand in der Garage. Fast die ganze Zeit hatte er nebenan im Kassenhäuschen gesessen. Nur für die flotte Lola hatte er den Platz verlassen. ‚Sollte die mich ablenken? Na klar, nur deshalb hatte die sich für die Camaro Missgeburt in der hintersten Ecke interessiert.' Peter grollte: ‚Ausgerechnet heute hatte ich in meinem Überschwang Yaver freigegeben. Vielleicht hätte er den dreisten Tausch verhindern können. Wenn ich die Tusse erwische, prügel ich ihren

Auftraggeber aus ihr heraus. Falls der meine Strafe überlebt, wird er es sein Lebtag bereuen, mir in die Quere gekommen zu sein.'

In einem lichten Moment zweifelte er, ob für die Suche und Rache die Zeit reichte. Obendrein wäre es auch ungewiss, ob er dadurch die fehlenden 70.000 Euro zurückbekäme. Ihm blieben nur noch zwei Tage. Igors Geduld dürfte er keinesfalls weiter strapazieren. Seit annähernd drei Wochen stotterte er seine Schulden ab. In den nächsten Stunden konzentrierte er sich auf Möglichkeiten, die sich für Donnertagmorgen anboten.

36

Am nächsten Morgen um Viertel vor neun verließen Julia und Stefan die Wohnung. Beide wollten möglichst immer ab neun Uhr am Schreibtisch erreichbar sein. Gemeinsam schafften sie das nur gelegentlich, wenn keiner einen Frühtermin akzeptieren musste. Heute lächelte die Sonne durch den Morgendunst. Regen war nicht angekündigt. Sie gingen ohne Mantel Hand in Hand bis zur ersten Kreuzung und trennten sich mit einem Küsschen. Julia stöckelte zur Bank am Jungfernstieg. Ihr hellgrauer Kostümrock schwang um ihre Knie. Stefan schritt im anthrazitfarbenen Anzug zur Kanzlei am Johannes-Brahms-Platz.

Auf halber Strecke sah er, wie drei Meter vor ihm ein Mann hinten aus einem Mercedes stieg. Die offene Tür versperrte Stefan zum Teil den Weg. Der Aussteiger trug eine tief sitzende Schirmmütze. Stefan versuchte, ihm auszuweichen. Dabei wurde er am Arm gepackt und

zum Wagen gezerrt. Der Mützenmann zischte: »Sie sind verhaftet. Machen Sie kein Aufsehen und steigen Sie ein!«
Stefan erkannte sofort die Stimme. Er versuchte, sich loszureißen, und brüllte: »Was fällt Ihnen ein? Lassen Sie mich los.«
Peter Knust schubste ihn zur Rückbank. Stefan wehrte sich mit Händen und Füßen. Er stemmte sich gegen das Dach und trat rückwärts nach dem Gebrauchtwagenhändler. Wo ihn sein Tritt traf, konnte er nicht sehen. Der Druck verminderte sich. Dafür durchzuckte ihn an der rechten Schulter ein Stromschlag, der ihn sekundenlang wehrlos machte. Ehe er sich versah, saß er auf der hinteren Sitzbank. Die Tür wurde zugeworfen. Sofort versuchte Stefan, sie wieder zu öffnen. Der Türgriff war blockiert. Rasch warf er sich auf die andere Seite, um dort aus der Tür zu entkommen. Doch Peter Knust öffnete sie bereits und setzte sich neben ihn. In der Hand hielt er ein flaches Gerät, kaum größer als ein Handy, mit zwei kurzen Metallzapfen. Am Lenkrad saß eine Person mit Integralhelm. Das dunkle Visier war heruntergeklappt. Sobald die zweite Tür geschlossen war, brauste der Fahrer los.
Peter Knust befahl: »Los leg´ dich auf den Boden! Ich habe den Beifahrersitz extra für dich nach vorne geschoben.«
Stefan Rechter rührte sich nicht. Er befürchtete, seinen Anzug zu beschmutzen.
»Brauchst du noch mal die Elektropeitsche?«
Erst als ihm der Elektroschocker beängstigend nahe kam, rutschte er in den Fußraum. Sein Atem zitterte. Sein Puls raste.
»So, nun ruf deine Alte an und sag ihr, sie soll bis heute Mittag 300.000 Euro besorgen, wenn sie dich lebend wieder haben will.«
Stefan Rechter bebte: »Wo soll Julia denn so schnell so viel Geld auftreiben? Das ist völlig unmöglich.«
»Ihr wird schon etwas einfallen. Immerhin sitzt sie ja an der Quelle.«

Stefan verdrehte die Augen und fragte: »Wie soll ich hier unten so zusammengefaltet an mein Handy kommen?«
»Am besten sofort, damit es nicht wehtut.« Dabei knatterten Funken zwischen den Polen des Elektroschockers.
Mit schlotternden Händen fingerte er das Handy aus dem Sakko und tippte auf ihm herum. Die nassen Fingerspitzen hinterließen Tröpfchen auf der Oberfläche.
Endlich meldete sich Julia: »Hallo Stefan, das muss ja dringend sein, dass du mich hier anrufst.«
»Das kann man wohl sagen. Seine Impertinenz, Herr Knust, zwingt mich. Er hat mich entführt und verlangt 300.000 Euro für meine Freilassung. Das ist zwar absurd ...«
Sie unterbrach ihn: »Mein Gott bist du okay? Wo bist du?«
Peter Knust entriss ihm das Telefon: »Lass´ das Gequatsche und besorg´ die Kohle. Um zwölf sage ich dir, wie die Übergabe läuft.«
»Ein derart hoher Betrag ist unmöglich bis mittags zu beschaffen.«
»Das würde aber deinem Mann wesentlich besser bekommen. Sonst krepiert er nämlich. Wenn du die Bullen einschaltest, sowieso.«
Julia Blank stammelte: »Die Polizei werde ich nicht benachrichtigen. Tun Sie Stefan nichts.«
»Ich rufe dich unter dieser Nummer wieder an.« Peter Knust unterbrach die Verbindung und steckte das Gerät in seinen Blouson.

37

Julia Blank saß erstarrt an ihrem Schreibtisch. Wenn sie nicht die beiden Stimmen erkannt hätte, hätte sie den Anruf als üblen Scherz abgetan. Doch dazu klang Stefan ungewohnt angespannt und Peter Knust so brutal wie damals bei ihrer Entführung. Das Dröhnen im

Hintergrund ließen sie vermuten, dass aus einem fahrenden Auto angerufen wurde. Erst jetzt bemerkte sie das tutende Handy in der linken Hand. Sie schaltete es ab und legte es auf die Schreibunterlage. Ihre Achseln nässten. Kurz zweifelte sie, ob diesmal Stefan mit Peter Knust kooperierte. Entsetzt schob sie den bitteren Gedanken als absurd beiseite.

Wie sollte sie heute 300.000 Euro in bar beschaffen? Das forderte nur einer aus der schummrigen Bargeldwelt, der die heile Bankenwelt nicht kannte. So viel Bargeld wäre sogar bei ausreichendem Kontostand, nur mit einem Tag Vorankündigung zu bekommen. Ohne entsprechendes Guthaben wäre es nahezu ausgeschlossen. Dafür müssten Umbuchungen vorgenommen werden, Wertpapiere verkauft oder beliehen werden. Auch das wäre frühestens in einigen Tagen durchführbar. Die Auszahlung eines Kredits würde noch länger dauern. Kopfschüttelnd loggte Julia sich in ihr Bankkonto ein. Sie erwartete dadurch zwar keine neuen Erkenntnisse, fühlte sich aber durch die konkreten Beträge sicherer. Einschließlich Dispo könnte sie nur 25.000 Euro abheben. Stefans Kontostand kannte sie nicht. Nachdem er 300.000 Euro für ihre Freilassung entnehmen musste, stand er wahrscheinlich sogar im Minus.

Wut über Peter Knusts Unverschämtheit und ihre Ohnmacht ließen Julias Hände zittern. Sie sah sich gezwungen, mit dem Mistkerl zu verhandeln. Wobei sie die Differenz für kaum überbrückbar hielt. Ob er die beiden Wagen akzeptieren würde, bezweifelte sie. Ihm schien es vor allem, an Bargeld gelegen zu sein. Sie schnaufte und schwitzte wie nach einem Dauerlauf. Hoffentlich gipfelte ihr inneres Beben nicht noch im Augenzucken. Bis zu seinem angekündigten Anruf blieben ihr zweieinhalb Stunden.

38

Stefan Rechter kauerte immer noch zusammengefaltet hinter dem Beifahrersitz. Anfangs hatte er versucht, die Route zu deuten. Sie durchquerten die Stadtteile Sternschanze und Eimsbüttel. Nach unzähligen Stopps und Richtungswechseln gab er auf. Ob die Wohnblocks, die er vom Fußraum aus mit verdrehtem Kopf erblickte, in Barmbek oder Wandsbek standen, wusste er nicht. Die unbequeme Lage dehnte die gefühlte Fahrzeit schmerzhaft. Peter Knust und der Fahrer schwiegen.

Der Mercedes wendete und kroch rückwärts. Aus seinem Blickwinkel sah er nur Gebüschkronen im frischen Maigrün. Der Wagen hielt. Der Fahrer stieg aus. Der Motor lief noch. Der Behelmte öffnete die Tür für Peter Knust. Erst dachte Stefan, der spielte den höflichen Chauffeur. Dann erinnerte er sich, dass seine Tür blockiert war. Die hinteren Türen ließen sich durch die Kindersicherung nur von außen öffnen. Draußen klimperte ein Schlüsselbund. Dann quietschte eine Metalltür. Inzwischen erklomm Stefan Rechter die Rückbank. Hals, Schultern und Kreuz schmerzten. Seine Tür schwang auf. Peter Knust hielt in der rechten Hand den Elektroschocker. Mit der linken zerrte er den Gefangenen aus dem Fond und leitete ihn zu einer Treppe. Die bemoosten Betonstufen führten nach unten zu einer rostigen Eisentür, dem Zugang zu einem Luftschutzbunker aus dem Zweiten Weltkrieg. Über den unterirdischen Schutzräumen war ein Kinderspielplatz angelegt. Gebüsch begrenzte das Areal. Die umstehenden Wohnblocks kannte Stefan Rechter nicht. Er ließ sich die Stufen hinunterziehen und durch die bombensichere Eingangstür in einen winzigen Vorraum drängen.

Ernsthaften Widerstand wagte er nicht. Der elektrische Stromschlag vorhin dämpfte immer noch seinen Mut. Er wurde in einen leeren Gang geschoben. Die Decke war gewölbt, wie eine mannshohe Röhre. Es roch muffig. Auf der rechten Seite gab es alle paar Meter geschlossene Türen. Die wenigen Deckenleuchten erhellten nicht das Ende des Flurs. Peter Knust schloss eine der vorderen Holztüren auf. Mit einer Kopfdrehung wies er Stefan Rechter an, in den finsteren Raum einzutreten. Feuchte Kälte schlug ihm entgegen. Das spärliche Flurlicht reichte nur für die ersten Schritte. Auch hier war die Decke gewölbt. Auf der linken Seite stand ein Regal. Das Ende dieser Querröhre blieb im Dunkeln. Die Tür wurde zugeworfen und abgeschlossen. Draußen entfernten sich Schritte. Unter der Tür schimmerte ein dünner Lichtstreifen. Stefan sprang zur Tür und rüttelte am Griff. Zu spät, er war im unterirdischen Verlies gefangen. Nach kurzer Zeit klackte ein Zeitrelais und das Flurlicht erlosch. Die Finsternis verschlang ihn.

39

Julia Blank sah auch nichts, obwohl ihr Büro ergonomisch beleuchtet war. Sie stierte immer noch blicklos vor sich hin. Die Sorge um Stefan und die ungelöste Lösegeldbeschaffung blockierten sie. Vielleicht wäre es erträglicher, wenn sie es als Schicksalsschlag hätte einstufen können. Aber dieses Dilemma hatte sie sich selbst eingebrockt. Nur sie trug die Schuld. Zu Hause hätte sie Tränen fließen lassen. Hier in der Bank verbot sie sich das.

Erst beim dritten Läuten erfasste sie, dass sie den Telefonhörer ergreifen musste. Es meldete sich eine Mitarbeiterin vom Empfang:

»Hallo Frau Blank, an der Rezeption wurde eben ein Brief für Frau Rechter abgegeben. Ich vermute, dass der für Sie ist, weil der Bote sagte, die Nachricht sei für die Frau von Rechtsanwalt Rechter. Es soll etwas sehr Dringendes betreffen. Können Sie den Umschlag abholen? Ich darf meinen Platz nicht verlassen.«
»Ja, ich komme sofort.«

Auf dem Weg zum Eingang fragte sie sich: ‚Woher weiß die Klatschtante, dass ich mit Rechtsanwalt Rechter zusammenlebe? Grinsend überlegte sie sich: ‚Wenn ich Julius statt Julia hieße, hätte die Rezeptionistin gewiss einen Dreh gefunden, die Nachricht persönlich zu überbringen.' Aber so genoss die kleine Wichtigtuerin, sie flitzen zu lassen.

Sie erhielt ein zugeklebtes Kuvert normaler Größe mit der handschriftlichen Adressierung:
Sofort persönlich an Frau ~~Rechter~~ Blank.

Sie schlitzte mit den Fingernägeln den Umschlag auf, zog einen DIN-A5-Zettel heraus und las ungelenke Druckbuchstaben:

Kommen Sie umgehend zum Bäckerstand oben beim U-Bahnhof Jungfernstieg. Ich warte und werde Sie ansprechen. Es geht um Leben und Tod.

Erschrocken schnappte sie nach Luft. Dann eilte sie zum Ausgang: »Bin gleich zurück«, rief sie der Kollegin zu. Erst als sie draußen die Passanten sah, bemerkte sie, dass sie sich nicht ihre Kostümjacke angezogen hatte. Nur in Bluse und vor allem ohne Handtasche kam sie sich auf dem Jungfernstieg ein wenig nackt vor. Um diese Zeit war es hier wieder ziemlich leer. Die Büroleute saßen bereits an den

Schreibtischen, das Verkaufspersonal wartete noch auf erste Kunden. Zurzeit flanierten hier nur frühe Touristen. Die Bettler bezogen ihre Posten. Nach hundert Schritten erreichte Julia den U-Bahnhofeingang mit der Bäckerstation. An der Stehtheke standen drei Personen. Mittags drängten sich hier Dutzende in Doppelreihe. Julia roch den säuerlichen U-Bahn-Geruch. Für sie stank er schmutzig und ärmlich. Selbst der Duft frisch aufgebackener Brötchen war dagegen chancenlos. Nie käme ihr in den Sinn, hier zu essen und zu trinken. Eine fremde Männerstimme sprach sie von hinten an.»Sind Sie Frau Blank?«

»Ja, und wer sind Sie?«, fragte sie beim Umdrehen.

»Lassen Sie uns die Unterführung zu den Alster-Dampferanlegern nehmen. Dann stehen wir hier nicht im Weg. Dort wird uns niemand belauschen.«

Ohne ihre Antwort abzuwarten, schritt er zur Rolltreppe. Julia Blank folgte ihm allerdings auf der Steintreppe, um ihre Absätze nicht zu ruinieren. Sobald sie unten nebeneinander gingen, begann er:»Hat sich Peter Knust schon bei Ihnen gemeldet?«

Julia schaute sich erschrocken um:»Ja, vor circa einer Dreiviertel Stunde. Woher wissen Sie das?«

»Ich weiß, wo Ihr Mann gefangen gehalten wird. Ich passe auf, dass ihm nichts passiert.«

»Haben Sie die Polizei informiert?«

»Das würde Herrn Rechter unnötig gefährden, und das Problem mit Peter Knust nicht dauerhaft lösen.«

»Wer sind Sie überhaupt?«

»Ich habe mit Rechtsanwalt Rechter gelegentlich Kontakt, zuletzt wegen Peter Knust.«

»Warum das denn?«

»Er bat mich um Informationen und meinen Rat.«

»Hat er Sie beauftragt, mich zu kontaktieren?«

»Wie sollte er? Ich bin mir jedoch absolut sicher, dass es in seinem Sinne ist. Was hat Peter Knust gefordert? Wie viel, bis wann?«

Sie standen inzwischen auf dem Anleger, an dem bereits drei Alsterdampfer dümpelten. Kleine Touristentrauben drängten an Bord. Keiner interessierte sich für sie beide.

Julia Blank seufzte: »Er verlangt 300.000 Euro bis heute Nachmittag. Mir scheint, dass er keine Ahnung hat, dass das unmöglich ist.«

»Vielleicht hofft er, dass Sie das als Bankerin schaffen. Haben Sie ihm schon etwas zugesagt?«

»Nein, er will mich um 12 Uhr anrufen, um die Übergabe zu besprechen.«

»Machen Sie ihm klar, dass heute gar nichts läuft. Bis morgen Nachmittag können Sie 100.000 in bar besorgen. Die werden Sie ihm allerdings nur übergeben, wenn Herr Rechter unversehrt Zug um Zug freigelassen wird.«

»Ich kann aber auch bis morgen keine 100.000 beschaffen.«

»Das brauchen Sie auch nicht. Geld ist nicht nötig. Es geht nur darum, ihm zu versprechen, dass er am Freitagnachmittag 100.000 Euro in bar bekommen wird.«

»Aber was passiert mit Stefan?«

»Wie gesagt, ich passe auf Sie beide auf.«

»Das sagt sich leicht. Aber Peter Knust ist ein skrupelloser Gangster. Wissen Sie das?«

»Ja, vermutlich besser als Sie.«

»Warum verraten Sie mir noch nicht einmal Ihren Namen?«

»Weil er unwichtig ist. Wiederholen Sie bitte mit Ihren Worten, was Sie Peter Knust sagen werden, wenn er Sie um 12 Uhr anruft.«

Julia starrte ihn wütend an und dachte: ‚Was bildete sich diese Spitznase ein?'

Nach einer Schweigeminute überwand sie sich: »Ich werde ihm erklären: Sie können erst morgen Nachmittag 100.000 Euro bekommen. Vorher oder mehr ist unmöglich. Ich übergebe Ihnen das Geld nur, wenn Stefan Rechter gleichzeitig unverletzt freigelassen wird.«
»Sehr gut, also heute gar kein Geld. Morgen erst nach 17 Uhr 100.000. Er wird das sehr wahrscheinlich akzeptieren und ankündigen, wann er Sie wieder anruft, um Ort und Zeit zu bestimmen. Rufen Sie mich nach jeder Kontaktaufnahme sofort an.« Dabei reichte er ihr eine Visitenkarte und verschwand grußlos Richtung Rathaus.
Julia las auf der kleinen schmucklosen Pappe.
Emils Detektivbüro
Mobilfunknummer

40

Anfangs hatte Stefan Rechter in dem Bunkergefängnis gehofft, dass sich seine Augen an die Finsternis gewöhnen würden, um wenigstens schemenhaft etwas zu erkennen. Doch die Hoffnung erblindete. Um so intensiver belauschte er die Stille. Sie herrschte nicht so absolut wie die Dunkelheit. Mehrmals klang es nach Sirenen von Krankenwagen oder Feuerwehr. Einmal meinte er, Kirchenglocken zu hören. Die meterdicken Wände dämpften das Geläut fast bis zur Unkenntlichkeit. Eine imaginäre Totenglocke könnte ähnlich klingen. Er fühlte sich ohnehin wie in einer Grabkammer. Das kalte Gemäuer entzog ihm die panische Hitze und ließ ihn frösteln. Da das Kindergekreische vom Spielplatz über ihm nicht zu ihm drang, hielt er Rufen, Schreien und Klopfen für zwecklos. Um nicht tatenlos rumzustehen und der Trübsal zu verfallen, tastete er sich zur Tür und versuchte erneut, sie zu öffnen. Sie blieb abgesperrt. Er klopfte. Das Material klang hölzern. Mit beiden Händen wanderte er die Wand nach rechts bis zur Ecke und weiter die Längswand entlang. Er spürte Beton ohne Fugen. Plötzlich stieß er auf das Regal, das er vorher gesehen hatte. Seine Finger erkundeten die an der Wand befestigte Konstruktion. Raue, senkrechte Holzlatten hielten auf Querleisten gehobelte Holzböden. Es gab fünf Sektionen nebeneinander und sechs Böden übereinander. Die leeren Bretter lagen lose auf den Haltern. Nichts verriet, was hier gelagert wurde. Stefan erinnerte sich an ein vergilbtes Schwarz-Weiß-Foto aus einem Luftschutzbunker. Es zeigte verschreckte Frauen, alte Männer und verängstigte Kinder dicht gedrängt auf Bänken. Hinter ihnen standen kleine Koffer und pralle Taschen in Wandregalen. Ihn bedrückte die Vorstellung, dass dies hier eines dieser Ablagen für die persönlichen Habseligkeiten sein könnte. Um sich zu verschnaufen, entfernte er die oberen Böden aus der vorderen Sektion und setzte sich auf die untere Etage. Sorgen um seinen Anzug machte er sich nicht mehr. Den würde er im Überlebensfall sowieso nie wieder anziehen dürfen. Selbst wenn er nach der Reinigung noch tragbar wäre, würde Julia es wegen des irreparablen, negativen Karmas oder Ähnlichem untersagen. Seine Gedanken wanderten zu ihr. Erst wurde sie entführt und nun sorgte sie sich um seine Rettung. Was sie schwerer belastete, vermochte er nicht abzuwägen. ‚Oder steckt sie auch diesmal mit dem Gangster unter einer Decke?' Stefan schüttelte sich vor Abscheu.

41

Julia Blank saß zu Hause auf dem Sofa und grübelte. Sie hatte sich, nachdem sie Brandeiliges erledigt hatte, für den Rest des Tages und für Freitag aus dringenden familiären Gründen freigenommen. Da der kommende Montag wegen des Pfingstfestes frei war, hatte sie gezögert, darum zu bitten. Diese unverschämte Wochenendverlängerung passte nicht zu ihrem Image als stets emsige Teamleaderin. Andererseits hätte ihr Bangen sie kaum effizient arbeiten lassen.

Jetzt fragte sie sich, ob sie dem undurchsichtigen Emil trauen konnte. Stefan hatte ihn nie erwähnt. Warum schaltete er sich ein? Wozu wollte er die Lösegeldzahlung um einen Tag verzögern? Das würde Stefans Martyrium erheblich verlängern. Wie sie Peter Knust dazu überreden sollte, wusste sie auch noch nicht. Es blieb ihr nur noch eine halbe Stunde bis zu dem angekündigten Anruf. Die Sorge um Stefan unterbrach immer wieder ihre Überlegungen, wie sie vorgehen sollte.

Inzwischen schlug die Stundenglocke des Michels zwölf Mal. Das Telefon schwieg. Diese Möglichkeit hatte sie nicht erwartet. Das könnte Stefans Ende bedeuten. War er auf der Flucht getötet worden? Julia spürte Tränen in den Augenwinkeln. Jeden Augenblick drohte ihr Beben, sie zum Rinnen zu bringen. Ihr Handy bimmelte. Blinzelnd las sie ‚Stefan' auf dem Display. Einen Sekundenbruchteil dachte sie erleichtert, ihr Liebster riefe an. Dann erinnerte sie sich, dass der Schweinehund Stefans Handy benutzte. Das hatte er damals auch mit ihrem gemacht. Sie atmete tief durch und meldete sich nur mit: »Hallo.«
»Hast du die Kohle?«, knurrte Peter Knust.

Julia fauchte, damit ihr inneres Zittern nicht die Stimme beben ließ: »Es gibt keine. Die 300.000 Euro neulich waren mehr als genug.«
»Das wird dein Mann nicht überleben.«
»Wollen Sie sich auch noch einen Mord aufhalsen?«
Peter Knust schnaubte: »So viel Dummdreistigkeit hatte ich dir nicht zugetraut, oder weißt du etwa nicht, dass er dich mit Falschgeld freigekauft hat?«
Julia verschlug es einen Moment die Sprache. Jetzt verstand sie, warum Stefan den Verbrecher nicht anzeigen wollte, und sich mit dem Autotausch zufriedengegeben hatte. Sie antwortete: »Ich schlage vor, Sie lassen meinen Mann sofort frei und wir vergessen die Angelegenheit.«
»Dann erzähle ich ihm von unserem erotischen Abenteuer.«
»Ich bezog Sie mit ein, als ich sagte, wir vergessen die Angelegenheit.«
»Dafür war es aber zu unvergesslich.«
»Vielleicht hilft Ihnen beim Schweigen, wenn ich Ihnen die Tonaufnahme Ihres Geständnisses vorspiele.«
»Was soll das jetzt?«
»Als wir über den Autotausch sprachen, lief mein Voice Recorder. Für solche Aufnahmen hat die Polizei immer ein offenes Ohr.«
»Das lass lieber, sonst schwärme ich deinem Kerl von deinem Talent im Bett vor.«
»Wenn du ihm das verrätst, ist es mir egal, was du mit ihm machst.«
Vor Aufregung vergaß sie, ihn zu siezen.
»Also kommen wir zurück auf das Lösegeld«, schlug Peter Knust vor.
Julia Blank atmete tief durch. Dann überwand sie sich: »Wenn Sie meinen Mann anständig behandeln und sich selbst ehrenhaft benehmen, also verschwiegen, kann ich bis morgen Nachmittag 100.000 Euro in bar besorgen. Mehr und schneller ist unmöglich.«

»Diesmal aber keine Blüten«, bellte er, »ich rufe um 16 Uhr wieder an und lass die Bullen aus dem Spiel.«
»Das ist klar, wenn Sie sich an die Verschwiegenheitsabmachung halten.«
Statt einer Bestätigung tutete das Handy. Er hatte offenbar die Verbindung beendet. Julia war froh.

Nach einigen Besinnungsminuten tippte sie Emils Rufnummer in das Telefon.
Emil meldete sich sofort: »Wie ist es gelaufen, Frau Blank?«
»Er hat, wie Sie es bereits vorausgesagt hatten, 100.000 für morgen Nachmittag akzeptiert.«
»Glückwunsch.«
»Hoffentlich überlebt Stefan das Vabanquespiel.«
»Keine Sorge, ich passe auf. Wann ruft der Entführer wieder an?«
»Morgen um 16 Uhr. Wie sollte ich mich Ihrer Meinung nach verhalten?«
»Bestätigen Sie ihm, dass Sie das Geld besorgt haben. Er bekommt es aber nur, wenn gleichzeitig Herr Rechter unbeschadet freikommt.«
»Soll ich da wirklich ohne Geld antanzen?«
»Sie müssen mich nur sofort über Ort und Zeit der Übergabe informieren. Besorgen Sie bloß kein Geld.«
Julia Blank seufzte: »Ich bezweifel, dass er Stefan ohne Geld freilassen wird. Peter Knust ist nämlich ein mieser Kerl. Sollten wir nicht vorsichtshalber die Polizei einschalten?«
Emil schnaubte: »Die Bullen würden alles vermasseln. Die sind zunächst vor allem um sich besorgt und allenfalls an der Verhaftung des Täters interessiert. Für das Opfer bleibt da nicht viel. Bei mir ist das genau umgekehrt. Rufen Sie mich sofort an, wenn es Neues gibt.«

42

Obgleich es sinnlos war, schaute Stefan Rechter oft auf seine Armbanduhr. Ohne ein Mindestmaß an Restlicht gab die Zeigeruhr nichts preis. Wenn sie wenigstens ticken würde, könnte er ein Geräusch hören. Der mutmaßliche Glockenschlag von vorhin hatte sich nicht wiederholt. In dieser lautlosen Finsternis verlor er das Zeitgefühl.

Dass Peter Knust nun auch ihn als Geisel genommen hatte, hielt Stefan für einfaltslos. ‚Dem muss das Wasser am Halse stehen. Zum Glück hatte er nicht abermals Julia entführt.'

Immer wieder grübelte er, wie er dieser Geiselhaft hätte entgehen können. Dabei erinnerte er sich, wie enttäuscht sein Vater ihn ansah, als Stefan verkündete, Jura zu studieren. Zu gerne hätte er in seine Fußstapfen treten sollen. Das Versicherungsgeschäft erschien ihm jedoch gar zu langweilig. Nur wenn sein Vater von Versicherungsbetrug erzählte, weckte er sein Interesse. Als er nach dem Studium entschied, sich als Strafverteidiger selbstständig zu machen, warnte er ihn vor dem täglichen Kontakt zu Kriminellen: ‚Das kann nicht gut sein.'
Seine Mutter unkte: ‚Wer sich in Gefahr begibt, kommt darin um!'
Nun zweifelte Stefan: ‚Sollten sie mit ihren Bedenken recht haben?'

Um sich wieder mit dem realen Hier und Jetzt zu beschäftigen, stand er auf und setzte seine Tasttour fort. Rechts von dem Regal glitten die Fingerspitzen an der leeren Wand weiter. Nach drei

Schritten erreichte er die Rückwand. Dort entdecken die Finger ein zweites Regal gleicher Bauart. Es bestand nur aus drei Sektionen und schwankte bei der Untersuchung leicht. Auch hier lagerte nur Staub. Höchstens einen Meter daneben spürte er die Ecke zur Längswand. Diese Seite war leer. Vorsichtig tapste er zurück zu seinem Sitzplatz im Regal. Es überraschte ihn, wie sicher er sich hier bereits als Blinder bewegte.

Er fragte sich, wie die Räume nebenan genutzt wurden. Mehrfach hatte er gelesen, dass Luftschutzbunker als Lager für Bücherantiquariate und Weinhändler vermietet wurden. Hinter den undurchdringlichen Mauern übten auch gerne Musiker. Das ließ ihn hoffen, dass Nachbarn in diesem unterirdischen Bunker eintrafen.

Nach einer gefühlten Ewigkeit hörte er eine Metalltür quietschen. Ein Lichtschimmer erhellte den Spalt unter der Holztür. Sandkörner knirschten unter Schuhsohlen auf dem Betonboden. Keine Absätze klackten. Keine Stimmen brabbelten. Stefan Rechter schloss daraus, dass sich ein einzelner Mann näherte. Er wollte um Hilfe schreien. Da verharrten die Schritte. Etwas wurde bei seiner Tür abgesetzt. Stumm lauschte er. Die Person entfernte sich. Kurz darauf kehrte sie zurück. Ein Schlüssel drang in das Schloss. Mit einem Knacken öffnete sich die Tür. Peter Knust stand im Rahmen mit dem Elektroschocker in der Hand. Mit der freien Hand griff er neben den Türrahmen. Eine nackte Neonröhre blitzte an der Decke. Kaltes Licht blendete. Die Seite links von der Tür hatte Stefan Rechter nicht abgetastet. Sonst hätte er den Lichtschalter entdeckt. Er ärgerte sich. Seit Stunden hätte er nicht im Dunklen ausharren müssen. Der Autohändler schob mit dem Fuß einen braunen Pappkarton herein. Auf dem lag eine gefaltete Decke. Auf die stellte er

eine ausgebeulte Plastiktüte. Er knurrte: »Deine Alte hat darauf bestanden, dich einen Tag länger schmoren zu lassen. Hier hast du was zu essen und zu trinken. Teile es dir ein, mehr gibt es nicht! Im Karton ist ein Klobausatz. Pinkel ja nicht daneben.«
Der Kerkermeister schaltete das Licht aus und knallte die Tür zu. Schritte entfernten sich. Die Außentür schnappte zu.
Stefan tapste zur Tür und knipste die Beleuchtung wieder an. Die überraschend schwere Penny-Tüte schob er in das Regal. Er setzte sich auf seine Notbank und legte sich die braungelb karierte Decke um die Schultern. Obwohl sich das flauschige Gewebe wie Plastik anfühlte, hoffte er sehnsüchtig auf Wärme.

Später begutachtete er den Tüteninhalt. Er fand drei 1,5 Liter Wasserflaschen. Einen der fünf Schokoriegel verschlang er sofort. Die Packung Butterkekse legte er neben die Plastikflaschen. Dann trank er das sprudelnde Mineralwasser aus der Flasche. Normalerweise verschmähte er, einen Flaschenhals mit den Lippen zu berühren. Heute seufzte er dankbar, hier nicht verhungern und verdursten zu müssen.

43

Zur gleichen Zeit bangte Julia um Stefan. Dass sie mit niemandem ihre Sorgen teilen konnte, belastete sie besonders. Ihre Mutter würde garantiert sogar gegen ihren Willen die Polizei einschalten. Von ihrem Vater erwartete sie keine brauchbare Hilfe. Bei den drei jährlichen Telefonaten war sie immer froh, wenn er sie nicht anpumpte. Zu ihrem nichtsnutzigen Bruder hatte sie seit Jahren keinen Kontakt mehr. Er würde sowieso nur flotte Sprüche klopfen, jedoch nichts bewegen und sich wahrscheinlich insgeheim an ihrem Leid ergötzen. Mit ihren Freundinnen aus der Schule und der Uni war es, seit sie mit Stefan liiert war, im Sande verlaufen. Etliche Wiederbelebungsversuche scheiterten an deren Missgunst. Bankkollegen kamen natürlich nicht infrage. Das könnte der Karriere schaden. Ihr fiel nur Emil ein. Doch der war ein bezahlter Freund. Ob ihm zu trauen war, würde er hoffentlich morgen beweisen. Leider hatte er nicht verraten, wie Stefan ohne Lösegeld befreit werden sollte.

Der Misteltee hatte Stefan jedenfalls nicht geschützt. Vielleicht hätten sie das Gebräu häufiger trinken sollen. Jetzt war es zu spät. Julia ging im Geiste alle Abwehr- und Schutzzauber durch. Für diesen Fall, wo das Kind bereits in den Brunnen gefallen war, fiel ihr nichts ein. Alles, was sie kannte, wirkte präventiv. So blieb ihr nur eine Möglichkeit. An diese hatte sie mehrfach gedacht, indes immer sofort verworfen. Das dürfte ausschließlich als Letztes eingesetzt werden. Das hatte ihre Oma ausdrücklich betont. Sie hatte es ihr erst nach tränenreichem Betteln verraten. Vorher musste Julia der weisen Frau bei allen Heiligen schwören, es nur in höchster Not anzuwenden. Nie zuvor schien der Oma, etwas wichtiger zu sein. Noch heute erschauderte sie bei der Erinnerung an ihr Versprechen. Schließlich rechtfertigte sie sich, dass es um Stefan ging, ihrem liebsten Menschen. Bei der Suche der Utensilien hoffte sie, wenn auch halbherzig, nicht alles zu finden. Sie durchwühlte alte Schuhkartons in den hintersten Ecken der Schränke. Tief in der Spitze ausgelatschter Winterstiefeln entdeckte sie, wonach sie suchte. Die schwarze Materie hatte sie vor fünfzehn Jahren bei einer entfernten Bekannten der Oma gegen ein goldenes Doppelkreuzamulett getauscht. Damals musste sie wieder geloben, es nie auszuprobieren und nur in aussichtsloser Lage zu benutzen. Es sollte ohnehin erst nach ausreichender Reife nur einmal wirksam werden. Julia war überzeugt, dass sie lange genug gewartet hatte. Hoffentlich nicht zu lange. Jetzt wärmte sie mit beiden Händen den pechschwarzen Klumpen, bis er sich kneten ließ. Dann formte sie aus der matten, harzigen Masse eine Männerfigur. Mit einer Stricknadel drückte sie in das Gesicht zwei Augenkreise, in die Mitte ein senkrechtes Oval für die Nase und darunter einen Mund. Dann ritzte sie damit ein P und ein E in die Augen, ein T in die Nase und E R in den Mund. Die Spitze der Stricknadel erhitzte sie in der Flamme einer Bienenwachskerze, bis sie so heiß war, dass sie sie kaum noch halten konnte. Julia schloss vor Konzentration die Augen. Dann überwand sie sich und stach die glühende Nadel in die Puppe. Aus dem Loch in der Herzregion stieg eine flüchtige Rauchschwade auf. Als ob sie aus einem bösen Traum erwacht wäre, starrte sie entsetzt auf ihr Werk. Rasch verscharrte sie die Figur in einem der unbepflanzten Blumenkästen auf dem Balkon. So intensiv wie noch nie wusch sie sich die Hände.

Aufgewühlt sah Julia einer schlaflosen Nacht entgegen. Am Freitag tatenlos auf den Anruf des Entführers zu warten, bedrückte sie jetzt schon. Tatsächlich wälzte sie sich vor Sorgen stundenlang. Dabei wuchs ihr Verständnis, warum Stefan Falschgeld für ihre Freilassung besorgt hatte.

Morgens um 7 Uhr riss sie penetrantes Piepen aus dem leichten Schlaf. Sie hatte vergessen, den Wecker auszuschalten. Darum kümmerte sich sonst immer Stefan. Rückblickend vermutete sie, dass sie mehrmals kurz eingeschlafen war. Nun war sie so wach und sich des Dramas bewusst, dass sie nicht versuchte, wieder einzunicken.

Um die neunstündige Wartezeit zu nutzen, betätigte sie sich als übereifrige Hausfrau. Wäschewaschen, bügeln und putzen beschränkte sie normalerweise auf ein vertretbares Minimum. Heute wollte sie ihr Standardprogramm zum Großputz ausdehnen. Für sie beinhaltete das Schränkeausräumen und -reinigen, alte Kleidung und Schuhe aussortieren und Gardinenbretter und Küchenschränke von oben abwischen. Dadurch abgelenkt bangte sie nur ab und an.

Der verspätete Frühjahrsputz hatte sie mehr angestrengt als erwartet. Gegen 15:30 Uhr sank sie ermattet auf das Sofa. Zwanzig Minuten später stand sie erholter auf und setzte sich an ihren Schreibtisch. Ihr Handy und das schnurlose Telefon lagen vor ihr. Auf dem PC wartete Google-Maps geduldig blinkend auf die Zieleingabe. Julia lauerte fingertrommelnd auf den Klingelton. Sie zuckte trotzdem zusammen, als er endlich ertönte. Mit feuchten Fingern nahm sie den Anruf an: »Ja, hallo.«
»Hast du die Kohle?«
»Ja, wie geht es Stefan?«
»Noch gut. Hast du noch den silbernen SLK?«
»Ja.«
»Fahr jetzt sofort damit zur Preystraße in Winterhude! Biege dort direkt hinter dem Spielplatz in den Fersenfeldtsweg! Parke in der Gasse so, dass zur Not andere Wagen an dir vorbeikommen! Bleibe im Auto und warte auf meinen Anruf! Hast du das?«
»Ja, Preystraße, Fersenfeldtsweg.«
»Vergiss die Kohle nicht! Keine Bullen, wenn dein Kerl das überleben soll.«
»Verstanden. Ich fahre gleich los.«
Peter Knust unterbrach die Verbindung.

Noch bebend rief Julia den Detektiv Emil mit dem schnurlosen Apparat an, um das Handy nicht zu blockieren. Sobald er sich meldete, haspelte sie los: »Ich soll mit meinem Wagen nach Winterhude kommen und im Fersenfeldtsweg auf seinen Anruf warten.«
»Das hatte ich mir gedacht.«
»Was soll ich nur machen, wenn er das Geld sehen will?«
»Bestehen Sie darauf, erst Herrn Rechter zu sehen.«
»Werden Sie auch da sein?«
»Ich passe auf, dass Ihnen beiden nichts passiert. Schauen Sie sich bitte nicht suchend nach mir um. Dann würde er misstrauisch werden. Tun Sie so, als ob Sie alleine wären. Falls er Sie dort tatsächlich wieder anrufen sollte, informieren Sie mich bitte sofort.«
»Dann komme ich jetzt so schnell, wie das am Freitag im Feierabendverkehr möglich ist.«
»Sie brauchen sich nicht beeilen. Wie sieht Ihr Auto aus?«
»Ein silberner SLK, ein kleiner Mercedes Sportwagen.«
»Gute Fahrt! Wir sehen uns.«

44

Peter Knust hatte nach dem Telefonat mit Julia Blank noch fünf Minuten im Wagen gewartet. Den alten Mercedes hatte er in der Nähe des Bunkers geparkt. Von hier konnte er zur Not in alle Himmelsrichtungen flüchten. Die vielen schmalen Straßen in diesem Viertel ließen sich nicht mit ein oder zwei Polizeiwagen absperren. Nun stieg er aus und wanderte um den erhöht über dem Bunker liegenden Spielplatz. Bei dem warmen Wetter tobten viele Kinder zwischen Rutschen und Schaukeln umher. Mütter sonnten sich und schlauderten hinter den grünenden Büschen. Den Bunkerzugang konnte man von dort nicht sehen. Der Autohändler prägte sich die dicht an dicht geparkten Wagen ein. Bei der dritten Runde besetzte ein weißer VW-Polo den Platz eines inzwischen verschwundenen roten Nissans. Die Fahrerin verschwand in einem Nagelstudio im nächsten Block. So gab es alle paar Umrundungen unverdächtige Wechsel. Um sich nicht noch mehr zu erhitzen und womöglich als Spielplatzspanner verdächtigt zu werden, betrat er die Eckkneipe Schinkelkrug. Lauwarmer Mief und saurer Bierdunst schlugen ihm entgegen. Er setzte sich an einen Fensterplatz. Von hier konnte er beobachten, wer zum Bunker abbog. Die schwarz gefärbte Oma hinter dem Tresen fragte: »Was soll es sein?« Da die drei stummen Männer an der Theke halb leere Biertulpen anstarrten, bestellte Peter Knust auch ein kleines, frisch Gezapftes. Damit fiel er hier am wenigsten auf. Nach zehn Minuten wurde es auf die Bar zur Selbstabholung gestellt. Er bezahlte gleich, um gegebenenfalls sofort abhauen zu können. Draußen krochen einzelne Pkws auf Parkplatzpirsch vorbei. Polizeiwagen tauchten nicht auf. Um kein weiteres Pils bestellen zu müssen, trank er das tropfnasse Glas nicht aus. Erst als der silberne SLK auftauchte, leerte er es, stand auf und verabschiedete sich mit dem hier üblichen: »Moin.«

Sicherheitshalber kontrollierte er die Seiten des Platzes, die er vom Fenster nicht im Blick gehabt hatte. Alles erschien ihm unverändert harmlos. Nun schritt er zu dem SLK. Der blockierte Fahrradstellplätze. Den Bunkerzugang verbargen Sträucher. Am Steuer saß Julia Blank mit angespanntem Gesicht. Ihren Augen fehlte jegliche Wärme. Der Motor summte. Das Seitenfenster senkte sich eineinhalb Zentimeter.
Peter Knust grüßte wieder mit: »Moin.«
Julia nickte nur.
»Zeig mir die Kohle!«

»Erst will ich Stefan sehen und von ihm hören, dass es ihm gut geht.«

»So läuft das nicht.«

Julia zuckte gleichgültig mit den Schultern: »Dann müssen Sie ihn wohl noch länger beherbergen.« Sie legte den Gang ein und ließ den Wagen vorwärts rollen.

»Verdammtes Biest! Ich hole ihn. Bleib hier stehen!«

Beim Weggehen hörte er, wie das Automatikgetriebe auf Parken umgeschaltet wurde.

Die Aussicht, gleich das Lösegeld zu bekommen, erlöste ihn schon jetzt von der Daueranspannung. Heute Abend lief Igors Aufschub für die restlichen 70.000 Euro ab. Geradezu beschwingt verschwand er hinter der Buchenhecke. Dort schloss er die Bunkertür auf und lehnte sie von innen nur an. Nach wenigen Schritten erreichte er die abgesperrte Tür. Er steckte den Schlüssel in das Sicherheitsschloss und entriegelte die Tür. Den Schlüssel ließ er stecken. Mit der rechten Hand holte er den Elektroschocker aus der Jacketttasche und schaltete ihn scharf. Mit der linken drückte er den Türgriff nach unten. Beim Öffnen wunderte er sich, dass es drinnen dunkel war. Er wollte den Lichtschalter drücken, da traf ihn etwas von oben am rechten Handgelenk. Der Schmerz schoss bis in die Schulter. Der gelähmten Hand entglitt der Elektroschocker. Ein kurzes Scheppern verriet, wo er ungefähr gelandet war. Peter Knust bückte sich, um ihn aufzuheben. Da traf ihn ein Schlag von hinten in die Leber und Nieren. Dieser Schmerz schaltete ihn fast gänzlich aus. Er sank blind auf die Knie und kippte zusammengerollt zur Seite. Er hörte, wie seine Waffe weggekickt wurde. Ein weißer Schleier erhellte den Raum. Sein Atem raste. Seine Haut nässte. Vor stechenden Schmerzen hätte er sich gerne der anbahnenden Ohnmacht hingegeben. Doch dann hörte er ein Geräusch, das ihn ins Bewusstsein zurückriss. Das Knattern des Elektroschockers näherte sich. Entsetzt hob er den Kopf. Er sah die Funken sprühenden Elektroden auf sich zukommen. Vor Panik floh er rückwärts auf dem Boden kriechend in die hintere Ecke. Er kam sich vor wie ein unbeholfener Krebs, der an den Strand gespült wurde. Stefan Rechter folgte ihm und sagte: »Wenn ich mein Handy zurückbekomme, kannst du deins behalten.«

Da Peter Knust nicht reagierte, ergänzte er: »Ohne Handy kannst du keinen anrufen, der dich hier rausholt.«

Peter Knust zog Stefans Mobiltelefon aus der Innentasche und schob es mit dem Fuß herüber. Der Anwalt hob es auf, ohne ihn aus den Augen zu lassen, und steckte es in die Anzughosentasche. Dann sagte er: »Nun will ich nur noch wissen, wen du neulich während des Juwelierüberfalls zu mir ins Büro geschickt hast.«

Peter Knust schüttelte kaum erkennbar den Kopf.

Als ihm das Schweigen zu lange dauerte, drohte Stefan Rechter: »Elektrische Schläge sind zwar schmerzhaft, beleben aber das Gedächnis. Brauchst du Unterstützung?« Demonstrativ drückte er den Auslöser. Bläuliche Funken sprühten knatternd zwischen den Elektroden. Peter Knust keuchte vor Angst, blieb jedoch stumm.

»Ich werde deinem Kumpanen berichten, wie tapfer du dich geweigert hast, ihn zu verraten. Dabei hat er nichts zu befürchten. Es ist nicht verboten, sich vom Rechtsanwalt beraten zu lassen. Man kann ihm auch nicht vorwerfen, unwissentlich mit Falschgeld bezahlt zu haben. Er braucht nur den Bullen bestätigen, dass er zu der Tatzeit mit mir im Büro gesessen hat.«

Außer zitterndem Atem kam nichts.

»Schade, aber wenn du die schmerzhafte Tour bevorzugst.« Er trat einen Schritt näher und beugte sich vor. Peter Knust verkroch sich zusammengekauert so tief wie möglich in die Ecke. Im letzten Augenblick vor der Berührung hielt Stefan Rechter inne und schüt-

telte den Kopf: »Warum benehmen wir uns wie dumme Jungs? Du wirst mir den Namen sowieso verraten. Viel vernünftiger fände ich es, wenn wir uns wie normale Geschäftsleute verhielten. Du könntest uns alle paar Jahre gute Autos verkaufen und ich könnte dich bei Bedarf vor Gericht verteidigen. Das soll ja in den besten Familien vorkommen.«
Peter Knust schaute ihn ungläubig an. Die Überraschung hatte ihm die Sprache verschlagen.
»Wenn du mir den Namen nennst, bin ich gewillt, unsere kurze, unerfreuliche Vergangenheit zu vergessen. Wenn du auch zu diesem Schlussstrich bereit bist, sind wir quitt und sehen einer vertrauensvollen Zusammenarbeit entgegen.«
Peter Knust schnaufte: »Stimmt das wirklich, dass die Bullen ihm keinen Strick daraus drehen können, weil er bei dir im Büro war?«
»Ja, er braucht noch nicht einmal sagen, warum er da war, und schon gar nicht, was besprochen wurde.«
»Und was ist mit den Blüten?«
»Wie sollen die ihm nachweisen, dass er das wusste?«
»Dann werden die mir aber den Juwelierüberfall anhängen.«
»Wenn die Kripo das könnte, hätten sie das längst gemacht.«
Peter Knust nickte nachdenklich: »Ich brauche dringend die Kohle.«
»Das dürfte für einen Autohändler nicht allzu schwierig sein.«
Peter Knust seufzte mit schmerzverzerrtem Gesicht. Nach kurzem Schweigen fragte er: »Und wie soll das nun mit uns weitergehen?«
»Ich sehe zwei Möglichkeiten. Erstens die schmerzfreie. Du nennst mir den Namen. Dann sind wir quitt, und die Bullen bleiben aus dem Spiel. Wenn sich was ergibt, arbeiten wir künftig vertrauensvoll zusammen. Oder zweitens die schmerzhafte Lösung. Ich foltere den Namen aus dir heraus und informiere die Bullen. Dann bleiben wir Feinde und machen unsere Geschäfte mit anderen.«

Peter Knust schnaubte: »Bequatschst du so die Richter, bis sie einsehen, dass der Handtaschendieb nur ein Taschentuch brauchte, um sich die Nase zu putzen?«

Stefan Rechter grinste: »Meine Mandanten schätzen das sehr.«

Peter Knust schniefte: »Dann rufe ich jetzt Olli an, damit er den Bullen bestätigt, dass er bei dir im Büro war. Dadurch weiß ich auch gleich, ob hier unten Empfang ist.«

»Sehr vernünftig. Wie heißt Olli mit ganzen Namen und wo wohnt er?«

»Olli heißt Ohlsen. Seinen richtigen Vornamen kenne ich nicht. Alle nennen ihn Olli. Er hat den Biker Shop an der Barmbeker Straße in Winterhude. Er wohnt bei seiner Tusse, wo weiß ich nicht.«

»Dann rufe ihn kurz an, aber kein Wort über den Bunker. Das kannst du machen, wenn ich weg bin.«

Keuchend richtete er sich soweit auf, dass er sein Handy aus der Tasche ziehen konnte. Das inzwischen angeschwollene Handgelenk zwang ihn zu langsamen, unbeholfenen Bewegungen. Stefan Rechter aktivierte sein Mobiltelefon und ließ sich Ollis Rufnummer diktieren.

Als die Verbindung zustande kam, meldete sich Peter Knust: »Hallo Olli, hier Peter. Pass auf, du kannst den Bullen bestätigen, dass du neulich bei dem Rechtsverdreher gewesen bist. Ich melde mich nachher noch mal.«

Sobald das Gespräch beendet war, rief Stefan Rechter zur Kontrolle die genannte Nummer an. Als er »Ollis Biker Shop.« hörte, erkannte er die Stimme sofort wieder: »Hallo Herr Ohlsen, mein Name ist Stefan Rechter. Ich wollte nur Ihre liebe Stimme hören.« Im Hintergrund blubberten Motorradmotoren.

Der Anwalt bewegte sich rückwärts zur Tür und behielt dabei den hinten in der Ecke lehnenden Autohändler im Auge. »Also dann auf gute Zusammenarbeit und fröhliches Pfingstfest.« Er drückte die Tür von außen zu. Peter Knust nickte nur. Ihm schien, dass nicht abgeschlossen wurde und der Schlüssel im Schloss blieb. Sicher war er sich nicht. Im Augenblick hinderten ihn die Schmerzen am Aufstehen.

45

Stefan wandte sich im dunklen Bunkerflur zum Ausgang. Er tastete sich an der Wand entlang zu dem rötlich glimmenden Lichtschalter. Er drückte auf die Taste. Das Flurlicht blitze auf. In die andere Richtung, dicht neben der Tür lehnte ein Mann an der Wand. Zu Tode erschrocken zuckte Stefan zusammen und erstarrte. Emil, der Detektiv, stand neben der Holztür und hielt den gestreckten Zeigefinger senkrecht über die Lippen. Bebend rang Stefan um Luft. Sein Herz raste wieder wie vorher, als er den Entführer überwältigt hatte. Schweigend verließen sie den Bunker. Erst draußen keuchte er: »Mensch Emil, haben Sie mich erschreckt! Ich dachte, mein Herz zerspringt. Wie kommen Sie denn hier her?«
»Lassen Sie uns zunächst Ihre Frau beruhigen.« Dabei zog er ihn in die andere Richtung. Sie umrundeten mannshohe Sträucher. Auf dem gepflasterten Weg dahinter entdeckte Stefan den SLK. Julia saß am Steuer. Auf Ihrem bleichen Gesicht flammten rote Flecken. Ihre Augen zuckten. Als sie Stefan erkannte, sprang sie aus dem Wagen und wetzte ihm entgegen. Bebend umarmten und küssten sie sich. Emil trat zur Seite und beobachtete die Treppe zum Bunker.
Julia fragte: »Wo ist der Widerling geblieben?«
Stefan grinste: »Der liegt im Bunker und versucht, wieder auf die Beine zu kommen. Hat er das Lösegeld bekommen?«

Julia schüttelte den Kopf.
Stefan seufzte: »Dann sollten wir nach Hause fahren. Mir ist jetzt vor allem nach Duschen und frischer Kleidung. Außerdem könnte ich ein Wildschwein vertilgen. Emil, wenn es nicht noch etwas Dringendes gibt, telefonieren wir morgen.«
Emil nickte.
Auf dem Weg zum Auto drehte sich Stefan zu Emil um: »Ach eines noch, stellen Sie bitte sicher, dass es Peter Knust aus dem Bunker schafft. Nicht, dass der dort verreckt.«
»Keine Sorge.«
Julia schaute die Männer überrascht an. Dann brauste sie mit Stefan nach Hause.

Während der Fahrt saß er zusammengesunken mit hängendem Kopf neben ihr. Er atmete wie nach einem anstrengenden Lauf. Sein Schweigen dämpfte ihre Freude über sein Entkommen. Um ihn zur Ruhe kommen zu lassen, verkniff sie sich, ihn auszufragen. Kurz bevor sie die Tiefgarage erreichten, fiel ihr ein, dass die Vorräte kaum seinen Obelix Hunger stillen würden. Jetzt spürte sie auch ihren leeren Magen. Richtig gegessen hatte sie seit gestern auch nichts mehr.
»Wollen wir, nachdem du dich geduscht und umgezogen hast, essen gehen oder soll ich uns etwas holen?«
»Wir essen und trinken, was Küche und Keller hergeben.«
»Ich muss gestehen, dass ich daran bei der Aufregung nicht gedacht habe. Statt zur Arbeit zu gehen, habe ich, um mich abzulenken, die Bude gewienert. Die Wohnung zu verlassen, wagte ich nicht.«
Stefan nickte nur benommen.

Er zog die ramponierte Kleidung aus. Julia durchsuchte die Küche und fand eine Dose mit Ochsenschwanzsuppe, zwei gefrorene Pizzen aber keine nahrhafte Nachspeise. Auf Desserts verzichteten sie seit einiger Zeit aus figürlichen Gründen. Als Julia das Prasseln der Dusche hörte, flitzte sie zum Bäcker an der Ecke und kaufte einen fast vollständigen Frankfurter Kranz, Stefans Lieblingskuchen. Die Menge würde unter normalen Umständen bis Pfingstmittwoch reichen.

46

Als Stefan geduscht und umgezogen das Schlafzimmer verließ, roch er sofort die Suppe. Schnüffelnd eilte er zum Eßplatz im Wohnzimmer. Julia kam mit der Terrine aus der Küche. Gierig und genüsslich löffelte er die würzige Consommé mit den Fleischfitzeln. Erst bei der Pizza hielt es Julia nicht mehr aus und fragte: »Wie bist du freigekommen und wo ist der miese Entführer geblieben? Er war hinter dem Gebüsch verschwunden, um dich zu holen.«
»Hinten den Sträuchern liegt der Eingang zu einem unterirdischen Luftschutzbunker aus dem Zweiten Weltkrieg. Dort hatte er mich gefangen gehalten.«
»Hat Emil dich befreit und den Mistkerl eingesperrt?
Stefan nickte mit gepressten Lippen. Er wollte Julia nicht beschreiben, wie brutal er ihn überwältigt hatte. Dass er dazu fähig war, sollte sie besser nicht wissen. Vorher hätte er sich das nicht zugetraut. Um das Thema zu wechseln, erkundigte er sich: »Wie viel Lösegeld konntest du besorgen?«
»Keinen Cent.« Als sie sein überraschtes Gesicht sah, fügte sie hinzu: »Das hatte mir Emil dringend empfohlen.«
Stefan schüttelte ungläubig den Kopf.

»Er hat mir versprochen, uns beide zu beschützen, und mir versichert, dass das auch in deinem Interesse sei.«

Stefan stammelte irritiert: »Dann, dann hätte ich ja schon gestern freikommen können. Dann wäre mir die Nacht im Bunker erspart geblieben.«

»Gestern hätte man so viel Bargeld nicht beschaffen können. Außerdem drängte mich Emil, die Übergabe auf heute zu verschieben. Sonst hätte ich das Lösegeld auch kaum von 300.000 auf 100.000 Euro runterhandeln können.«

Stefan starrte sie zweifelnd an: »Was ist denn das für eine Logik? Kein Bargeld hätte man auch gestern besorgen können. Zwei Drittel weniger aber dafür einen Tag später? Das passt nicht zusammen. Verschweigst du mir etwas, so wie damals, dass du den Entführer kanntest?«

Julias Gesicht errötete: »Willst du damit andeuten, dass ich mit dem Schwein unter einer Decke stecke?«

»Nein, es ist nur nicht plausibel. Es fehlen Infos.«

Julia bebte: »So wie du mir verschwiegen hast, mich mit Falschgeld freigekauft zu haben. Das behauptet jedenfalls Peter Knust.«

»Weiß Emil das?«

»Nein.«

»Das darf nie einer erfahren, auch Emil nicht!«

Julia schüttelte erregt den Kopf: »Das ist klar. Wenn ich mir das vorstelle. Das ist unglaublich. Ein Rechtsanwalt, demnächst verheiratet mit einer Bankerin, bezahlt mit Blüten. Woher hattest du die überhaupt?«

»Die habe ich günstig von einem ehemaligen Mandanten erworben.«

»Wie viel kosten gefälschte 300.000?«

»Weil ich die übliche Gefängnisstrafe erheblich verkürzen konnte, brauchte ich ihm nur circa 30.000 geben.«

Julia schüttelte schmunzelnd den Kopf: »Was bist du nur für ein gerissener Hund. Bezahlst Lösegeld mit Blüten. Der Entführer kann dich dafür nicht anzeigen. Dann tauschst du im Wert deiner Beschaffungskosten bei ihm auch noch zwei billige in zwei teure Autos. Jetzt verstehe ich, warum der Typ dir den Juwelierraub und die falschen Fünfziger unterjubelte. Der Kerl kochte vor Wut und wollte sich rächen. Hoffentlich gibt er nun endlich auf. Mit dir sollte man sich besser nicht anlegen.«

»Wir haben uns einvernehmlich getrennt.«

»Was, auch das noch!«

Stefan grinste: »Er nannte mir den Namen des angeblichen Hühnereifälschers aus Soltau, der mein Alibi bestätigen kann. Ich versprach ihm, künftig unsere Wagen bei ihm zu kaufen, und bot ihm an, ihn bei Bedarf günstig zu verteidigen.«

»Dann hoffen wir, dass der Loser zur Vernunft kommt.«

47

Peter Knust lag noch lange benommen im Bunker. Die Nieren quälten ihn permanent. Das Handgelenk schmerzte nur bei Bewegung. Viel bewegen konnte er die Hand wegen der Schwellung ohnehin nicht. Als er wieder einigermaßen normal atmete, kroch er halb aufgerichtet zur Tür. Er zog sich an der Türklinke hoch. Dabei schwang die Holztür nach innen auf. Wild mit den Armen rudernd versuchte er, stehen zu bleiben. Es misslang. Er verlor das Gleichgewicht und fiel nach hinten. Um den Aufprall zu dämpfen, stützte er sich mit den Händen ab. Das entflammte den Schmerz im Handgelenk schlimmer als vorher. Im Rücken stach es erneut höllisch. Er japste nach Luft und jaulte. Vor Fluchen vergaß er, sich zu bedanken, dass er nicht eingeschlossen war. Er blieb am Boden und legte sich sachte auf die Seite. Leicht gekrümmt fand er eine relativ schmerzarme Position. Nach einer Weile spürte er die Kälte des nackten Betonbodens in sich hineinkriechen. Mit den Augen suchte er die Decke, die er seinem Gefangenen gebracht hatte. Er drehte sich, um sie mit den Schuhspitzen heranzuziehen. Ermattet wartete er, dass die Schmerzen verschwanden und die Kraft zurückkehrte.

Nach einer Stunde schlurfte Peter Knust gebeugt aus dem Bunker zu seinem Wagen. Er quälte sich hinter das Lenkrad. Die Fahrt war eine Tortur. Beim Lenken konnte er meistens auf die rechte Hand verzichten. Aber beim Wechseln der Gänge protestierte das kniedicke Handgelenk jedes Mal heftiger.

Zu Hause bandagierte er die dunkelblau verfärbte Schwellung und hängte den Arm in eine Schlaufe. Unbeholfen tippte er mit links so lange auf seinem Handy, bis sich Igor Horvat meldete: »Hallo Igor, gehst du heute ins Rigoletto?«
Der Zigeuner lachte: »Hoffst du, dass ich absage? Ich freue mich schon die ganze Woche auf dich.«
»Ich bin heute arg angeschlagen. Bis zur Milchstraße ist es mir zu weit. Bis zur Gurke könnte ich es schaffen. Wie wäre es, wenn wir uns vorher dort träfen?«
»Du meinst die schwule Kneipe mit der Riesengurke am Mittelweg?«
»Genau die. Ob sich trotz der vielen Weiber dort auch Schwule reintrauen, bezweifel ich.«
»Wenn das so ist, schaue ich gegen Halbacht rein.«
Peter atmete erleichtert auf. Abgesehen von dem kürzeren Anmarsch hätte er sich ungern mit seinen Blessuren bei den Pokerfreunden gezeigt.

Da er sein Schritttempo nicht einschätzen konnte, machte er sich überpünktlich auf den Weg. In seiner Lage wollte er Igor nicht auch noch warten lassen. Dessen Geduld hatte er seit Wochen auf das Äußerste strapaziert. Mit sanften Schritten bewegte er sich möglichst aufrecht mit dem Arm in der Schlinge zur Gurke. Um diese Zeit ergatterte er sogar einen der wenigen Fensterplätze. Hier würde Igor ihn sofort finden. Peter setzte sich und verbarg die Armstütze in der Jackentasche. Da Igor die Gurke für eine Schwulenbar hielt, beäugte er die Männer skeptisch. Bei keinem schöpfte er Verdacht. Wobei er mehrfach erlebt hatte, dass Frauen das schneller bemerken als er. Ihm war es ohnehin egal. Die hatten ihn noch nie belästigt.

Kurz nach Halbacht traf Igor ein. Peter reichte ihm die linke Hand und zeigte sein bandagiertes, rechtes Handgelenk.
»Mensch, was ist dir denn passiert?«
»Bin gefallen. Die ganze Woche hat mir nicht gefallen. Alles ist dumm gelaufen.«
»Ach kommt jetzt wieder Peterchens Märchenstunde?«
Peter lehnte sich zurück, schloss die Augen und schnaufte: »Niedliche Kindermärchen gehen anders. Ich habe schaurige Reinfälle erlebt. Einen hast du mitbekommen, als 70.000 Euro in der Tasche fehlten. Einen habe ich zwar überlebt, den werde ich aber noch einige Zeit schmerzhaft spüren. Um es gleich auf den Punkt zu bringen, ich kann dir heute nur 20.000 Euro geben. Den Rest besorge ich so schnell wie möglich.«
»Na 50.000 Euro sollten für einen Autohändler wie dich kein Problem sein.«
Peter nickte: »Stimmt. Es sei denn, es läuft die ganze Woche alles schief. Das lässt mich hoffen, dass jetzt meine Pechsträhne vorbei

ist. Du kennst das beim Pokern, nach vielen Runden mit Luschen in der Hand glaubt man nicht mehr dran und plötzlich hält man einen Royal Flush in der Hand.«

Igor grinste schief: »Lass uns pinkeln gegen, damit ich unbeobachtet die Kohle nachzählen kann.«

Peter nickte und stand auf. Igor folgte ihm kurz darauf.

Beim Verlassen der Herrentoilette raunte Igor: »Sieh zu, dass du die letzten 50.000 Euro ranschaffst.«

»Nächste Woche garantiert.«

Igor schaute ihm in die Augen. Dann strebte er grußlos zum Ausgang. Peter stellte sich an die Theke, um zu bezahlen. Auf dem beschwerlichen Heimweg versuchte Peter, den Abgang zu deuten. Besonders der Blick beunruhigte ihn. Da fehlten jegliche Anteilnahme und Zuversicht. Eher so, als ob er ein Fremder wäre. Auch dass er keine Frist gesetzt hatte, machte ihn nervös. Hatte Igor etwa die Hoffnung aufgegeben? Zog er nun die tödliche Konsequenz? Er hätte ihm, wenn schon nicht ‚frohes Pfingsten' wenigstens ‚schönes Wochenende' oder noch besser' gute Besserung' wünschen können.

Zu Hause schloss er die Wohnungstür doppelt ab, schob den Riegel vor und fuhr die Jalousien herunter. Mit pochendem Herzen sank er auf das Sofa. Als es nach fünf Minuten immer noch flatterte, stand er auf und holte seine Pistole aus dem Versteck im Badezimmer. Er prüfte, ob sie geladen war, und legte sie griffbereit auf den Wohnzimmertisch. So fühlte er sich zwar nicht sicher aber immerhin nicht mehr wehrlos. Er ging ungewöhnlich früh ins Bett und platzierte er die Waffe neben sich auf den Nachttisch. Schmerzen und Sorgen verzögerten das Einschlafen.

48

Am Samstagmorgen standen Julia und Stefan wie immer erst gegen halb neun Uhr auf. Gleich nach dem Frühstück verabredete sich Stefan mit Emil, dem Detektiv. Julia bedauerte, alleine die Einkäufe für das lange Wochenende besorgen zu müssen. Zumal er wusste, wie gern sie mit ihm zusammen auf dem offenen Samstagsmarkt frische Lebensmittel aussuchte. Dann machte ihr das Kochen viel mehr Spaß. Sie verstand nicht, warum er darauf bestand, sich als Erstes mit Emil zu treffen. Welche Informationen erhoffte er sich diesmal? Damals bei ihrer Entführung hatte er, nachdem er entdeckt hatte, dass sie vorher mit dem Autohändler telefoniert hatte, Emil auf ihn angesetzt. Durch ihn hatten sie erfahren, was Peter Knust für ein Loser war. Mehr war zum Glück nicht herausgekommen. Julia bangte, dass Stefan durch Emil noch über ihren größten Fehltritt aufgeklärt werden könnte.

49

Peter Knust wachte zwar früh auf, blieb jedoch lange liegen. Erst gegen 10 Uhr überwand er die Schmerzen beim Aufstehen und die Furcht, die Wohnung zu verlassen. Die Pistole klemmte im Gürtel vor dem Bauch verdeckt von einem weiten Polohemd. Den Fahrstuhl wagte er nicht zu benutzen. Wenn dort einer auf ihn wartete oder zustiege, gäbe es kein Entkommen. Nach dem Öffnen der Stahltür zur Tiefgarage zauderte er, bis die flackernden Blitze sich beruhigten und alle Leuchtstoffröhren den grauen Keller erhellten. Dann huschte er die wenigen Schritte bis zu dem alten Mercedes.

Er vergewisserte sich, dass nicht wieder einer hinter dem Fahrersitz auf ihn lauerte. Er drehte den Zündschlüssel. Ihm schossen Explosionsscenen mit Autobomben aus Unterweltfilmen durch den Kopf.

Auf der Fahrt zur Firma belächelte er seine bislang nie empfundene Todesangst. Yaver winkte ihm zu, als er neben dem Kassenhäuschen ausstieg. Peter Knust setzte sich sofort auf den Schreibtischstuhl und suchte eine möglichst schmerzarme Lehnposition. Den rechten Arm hing er wieder in die Trageschlaufe.

Nach fünf Minuten klingelte das Telefon. Es meldete sich eine unbekannte Männerstimme: »Bieten Sie noch den roten Porsche an?«
»Sie meinen das 911er-Cabrio mit schwarzem Dach. Der unschlagbare Renner steht hier, aber sicher nicht mehr lange.«
»Ist der Wagen fahrbereit?«
»Der wartet nur darauf, gestartet zu werden.«
»Dann schaue ich ihn mir gerne an und mache eventuell eine Probefahrt. Bis wann haben Sie heute geöffnet?«
»Heute, am Samstag vor Pfingsten wollte ich eigentlich früher schließen. Wann können Sie kommen?«
»Frühestens um 16 Uhr.«
»Dann warte ich auf Sie. Wenn Sie mir Ihren Namen verraten, reserviere ich Ihnen das Prachtstück.«
»Voss wie Boss mit V. Kann ich das Cabrio sofort mitnehmen, wenn ich das Geld und rote Nummernschilder mitbringe?«
»Kein Problem, Herr Voss. Bei dem Superwetter können Sie sich in dem Schmuckstück sogar offen präsentieren.«
»Wir sehen uns gegen 16 Uhr.«

Peter Knust hätte sich gerne vor Freude die Hände gerieben. Die Schlaufe mit dem geschwollenen Handgelenk erinnerte ihn an die zu erwartenden Schmerzen. Er gratulierte sich zu seinem Arbeitseinsatz. Der würde nun belohnt werden. Das hatte ihm seine Mutter früher immer wieder gepredigt, wenn er gar zu sehr gefaulenzt hatte. Nach so vielen Fehlschlägen in den letzten Wochen musste sich das Blatt endlich zu seinen Gunsten wenden. Das hatte er gestern Igor bereits vorausgesagt. Er rief ihn sofort an: »Hallo Igor, ich habe gute Nachrichten. Heute Nachmittag werde ich wahrscheinlich einen Porsche verkaufen. Dann bringe ich dein Geld abends vorbei. Kommst du?«

Igor stöhnte genervt: »Mensch Peter, wie oft du das schon angekündigt hast! Rufe mich bitte nur noch an, wenn du das Geld in voller Höhe tatsächlich in den Händen hältst.«

»Ich freue mich auf unsere vertraute Runde.«

Von der Tür aus brüllte er Yaver herbei. Er kam angeschlurft. Peter Knust wies den Marokkaner an: »Stelle das Porsche-Cabrio blitzblank poliert vor die Garage. Falls die Batterie schwächelt, lade sie nach. Danach schauen wir uns den Wagen von innen und unten an. Nachher kommt ein Interessent. Also beeil dich. Wenn die Karre präsentabel ist, kannst du ins Wochenende gehen.«

Ungewöhnlich flott schritt Yaver zum Schlüsselschrank.

50

Stefan fand schneller als erwartet einen freien Parkplatz an der Ecke Harvestehuder Weg, alte Rabenstraße. Er flitzte die Treppe hinunter zu Bodos Bootssteg an der Außenalster. Emil war noch nicht eingetroffen. Trotz des sonnigen Wetters gab es noch freie Tische und Liegestühle. Die standen ihm allerdings viel zu dicht gedrängt. Am Steg dümpelten Tretboote, Holzruderboote und Plastikjollen. Stephan begab sich zu der Bretterbude, in der Kaffee gekocht wurde, um eines der Pedalboote für eine Stunde zu mieten. Beim Besteigen schwankte es heftig und neigte sich bedenklich. Um die Schlagseite auszugleichen, fehlte der zweite Mann. Stefan schaute hoch zur Uferböschung. Dort tauchte Emil pünktlich wie immer auf. Sie winkten sich zu. Er löste das Halteseil. Gemeinsam traten sie die Pedalen. Das Schaufelrad am Heck platschte im Wasser. Langsam entfernten sie sich vom Steg. Hier auf dem tiefdunkelblauen See konnte ihnen keiner zuhören.

Sofort fragte Emil, was er seit gestern Nachmittag wissen wollte: »Was haben Sie mit dem Autohändler angestellt? Sie hätten sehen sollen, wie der sich aus dem Bunker geschleppt hat.«
»Recht geschah ihm. Der hatte mich am Donnerstagmorgen mit einem Elektroschocker überwältigt und in den Luftschutzkeller gesperrt. Mein Glück war, dass er mir das Chemieklo als Bausatz gebracht hatte. In dem Karton fand ich einen stabilen Schraubenzieher. Damit baute ich nicht nur die Toilette zusammen, sondern demontierte das Holzregal. Mit einer Holzlatte habe ich ihn traktiert. Das klingt jetzt simpel, war es aber nicht. Es dauerte Stunden, bis ich das Regal von der Wand lösen und zerlegen konnte. Die meisten Teile waren zu morsch. Der Vorteil meiner unzähligen Fehlversuche war das Konditionstraining. Ich hatte noch nie mit einer

Latte so oft und brutal zugeschlagen. Dadurch bekam ich Kraft in Hände und Arme. Ich fühlte mich wie ein Nachwuchsschmied. Der Schlagstock, der übrig blieb, hatte die optimale Länge und Härte. Dann überlegte ich mir, wie ich den Entführer am sichersten vorübergehend ausschalten konnte.«

Emil sinnierte: »Wenn das Klo nicht vorher schon da gewesen war, hatte der Kerl damit gerechnet, dass er das Lösegeld am gleichen Tag bekommen würde.«

»Das stimmt. Er hatte mich erst am späten Donnerstagnachmittag mit Klo, Proviant und Decke versorgt.«

»Das kam, weil ich Ihrer Frau geraten hatte, die Lösegeldübergabe auf Freitagnachmittag zu verzögern.«

»Was heißt Übergabe verzögern? Sie sollte gar kein Geld besorgen! Ist das wahr?«

Die Wellen des vorbeischippernden Alsterdampfers ließen das Tretboot schaukeln.

Emil nickte: »Ich versprach ihr, dass ich auf Sie beide aufpasse.«

Stefan brauste auf: »Vielen Dank. Warum haben Sie mich dann nicht bereits am Donnerstag aus dem Bunker befreit?«

»Herr Rechter, wir waren uns einig, dass das Problem Peter Knust nachhaltig beseitigt werden sollte. Am Sonntagabend habe ich rausbekommen, was er vorhatte. Montagnacht habe ich erfahren, dass er seine Spielschulden bis Freitagabend tilgen musste. Die ganze Woche vereitelte ich seine Geldbeschaffungsversuche.«

»Aber leider nicht meine Entführung!«

»Damit hatte ich, ehrlich gesagt, nicht gerechnet. Zumal Sie ihm bereits Lösegeld für Ihre Frau bezahlt hatten. Wie konnte er annehmen, dass bei Ihnen noch mehr zu holen war? Ich verstehe auch nicht, warum Sie ihn wieder wie damals danach laufen ließen.«

Ein Katamaran näherte sich rasant, obwohl der Wind nur mild blies. Erst kurz vor der Kollision wendete der Segler auf einer Kufe.

Stefan missfiel Emils Überlegung und befürchtete, dass ihn unkontrolliertes Augenflattern oder Gesichtszucken verraten könnte. Rasch lenkte er Emil auf andere Gefilde: »Heißt das, Sie haben den Knülch die ganze Woche beschattet?«
Emil nickte stumm.
»Was für ein zeitlicher Aufwand! Was treibt denn so ein Loser den lieben langen Tag?«
Emil verdrehte die Augen: »Tagsüber hockte er in dem Kabäuschen und hoffte auf Käufer seiner Giggen. Für den Überwacher noch langweiliger als für ihn selbst. Zweimal wurde es nachts aufregender, jedoch nur für ihn, für den Beobachter kaum.«
Stefan schaute ihn Lippen leckend an.
Emil erklärte: »Flotte Weiber hat er nicht flachgelegt. Wenn Sie an so etwas denken.«
»Wenn Sie diese Woche Tag und Nacht für uns im Einsatz waren, ist auf Ihrer Gebührenuhr gewiss reichlich aufgelaufen.«
Emil grinste: »Keine Sorge, ich bin bereits fürstlich entlohnt worden.« Dabei erinnerte er sich an die 8.000 Euro Finderlohn und die stibitzten 70.000 Euro.
»Soll das heißen, ich schulde Ihnen nur Dank?«
»Folgeaufträge und diskrete Weiterempfehlungen wären mir noch lieber.« Er zögerte und strich sich über das Kinn: »Zu gerne würde ich wissen, warum Ihre Frau den Entführer nicht angezeigt hat.«
»Julia befürchtet, in einem öffentlichen Gerichtsverfahren an die Geschichte noch einmal erinnert zu werden, möglicherweise über mehrere Instanzen. Falls nichts aufregenderes los ist, würden die Medien darüber berichten. Das könnte ihrem Image schaden. Ihr ist vor allem die berufliche Karriere wichtig.«

»Und warum schonen Sie den Gangster auch diesmal wieder?«
Stefan Rechter versuchte, souverän und listig zu lächeln: »Ein auftragshungriger Strafverteidiger sollte sich einen potenziellen Klienten nicht zum Feind machen, indem er ihn der Polizei ausliefert. Herr Knust und ich kamen überein, dass er sich bei Bedarf von mir verteidigen lassen wird, und ich bei ihm unsere Autos kaufen werde.«
»Glauben Sie ernsthaft an seine Zukunft?«
Stefan Rechter schaute sich nach allen Seiten um. Dann flüsterte er: »Nein.«
Emil schnaufte erleichtert und nickte. Für einen Augenblick schien er, am Realitätssinn seines Auftraggebers gezweifelt zu haben.

51

Ab 15:50 Uhr starrte Peter Knust vom Schreibtisch aus nur noch zur Auffahrt zu seinem Gebrauchtwagenplatz. Vor einer halben Stunde hatte er Yaver in das lange Wochenende geschickt. Das Porschecabrio stand offen unter dem Tankstellendach vor der Garagentür. Der rote Lack glänzte fleckenlos. Das schwarze Leder schimmerte staubfrei. Im tiefen Profil der breiten Reifen klemmte kein Steinchen. Optisch unterschied sich der Flitzer kaum vom Zustand bei der Auslieferung vor drei Jahren. Nur der Kilometerzähler zeigte 45.000 km mehr an. Peter Knust erfüllte Stolz. Dieser 911er adelte seinen Hof.

Eine Taxe hielt am Straßenrand. Ein junger Mann mit dunkler Schirmmütze stieg hinten aus und schritt direkt zum Porsche. In der Hand trug er einen braunen Aktenkoffer. Peter Knusts Herz

hüpfte. Wer sich bringen ließ, plante gewiss, mit einer Neuerwerbung zurückzufahren. Das konnte nur Voss, der Interessent, mit der Kohle und den roten Nummernschildern im Lederköfferchen sein. Das Ende seiner peinlichen Schuldnerzeit nahte. Beim Näherkommen schlackerte dessen taubenblauer Leinenanzug lässig. Peter Knust quälte sich hoch, ging ihm entgegen und grüßte: »Herr Voss, nehme ich an?«
»Richtig, ich bin Vladislav Voss und komme wegen des Porsches.«
»Ich heiße Peter Knust. Wir haben telefoniert.«
Sie schauten sich an. Peter Knust schätzte ihn auf höchstens fünfundzwanzig. Dass sich so ein junger Spund einen so teuren Wagen leisten konnte, erlebte er nicht zum ersten Mal. Stets hatte er zu deren Gunsten vermutet, dass sie Glück beim Pokern hatten. Das kannte er. Dessen schwarze Augen musterten ihn abschätzend. Sein dunkler Teint und die rabenschwarzen, an den Seiten extrem kurz rasierten Haare erinnerten ihn an Igor Horvat. Der östliche Vorname passte beängstigend. Schickte der Zigeuner etwa einen seiner Sippe, um ihn zu liquidieren? Dabei hatte er Igor angekündigt, dass er heute die Schulden tilgen würde. Peter Knust schob seine Angst beiseite und sagte: »Was sagen Sie zu dem Schmuckstück? Wollen Sie sich mal reinsetzen?«
Vladislav Voss umrundete den Wagen, ohne ihn zu berühren. Dann setzte er sich hinter das Lenkrad. Auch das fasste er nicht an. Peter Knust war anfangs froh, dass er nicht wie die meisten Käufer alles betatschte. Dann kam ihm allerdings der Verdacht, dass er keine Fingerabdrücke hinterlassen wollte. Wieder kroch ihm Furcht den Rücken hoch. Die Pistole unter dem Gürtel drückte am Bauch.

Als vorne und hinten die Hauben geöffnet wurden, achtete er darauf, dass Vladislav Voss nie hinter ihm stand. Im Motorraum zog der Wortkarge den Peilstab, um den Ölstand zu kontrollieren.

Das feuchte Ende glänzte sauber bis zum Kontrollstrich. Diese Inspektion entspannte den Verkäufer. Ein Auftragskiller hätte sich diesen Umstand erspart. Endlich sprach er: »Wenn der Wagen auch von unten anständig ausschaut, macht eine Probefahrt Sinn.«
»Dann fahre ich das Prachtstück auf die Hebebühne.« Peter Knust öffnete das Garagenrolltor und rangierte das kräftig blubbernde Gefährt zwischen die Säulen. Mit wenigen Handgriffen platzierte er die Hebearme unter das Chassis und drückte die Hebetaste. Vladislav Voss wartete neben ihm. Gemeinsam traten sie unter den Wagen. Alles sah heil, sauber und trocken aus. Peter Knust gratulierte sich zu den arbeitsreichen Vorbereitungen. Fleiß zahlte sich eben aus. Beim Absenken unterbrach ihn Vladislav Voss auf halber Höhe und schlug vor: »Warten Sie bitte kurz. So lassen sich die Nummernschilder bequemer befestigen. Dabei öffnete er seinen Aktenkoffer und entnahm die beiden roten Kennzeichen. Darunter erkannte Peter Knust einen prallen DIN-A4-Umschlag. In dem vermutete er das Geld. Am liebsten hätte er erleichtert geschnauft. Seine Ängste verflüchtigten sich. Der Jüngling wollte den 911er tatsächlich kaufen. Sonst hätte er nicht die eigenen Nummern angeschraubt.

Die gemeinsame Probefahrt beschränkte sich auf das Stadtgebiet. Oft genug drängte es Sportwageninteressenten auf die Autobahn. Dort missachteten die meisten die Geschwindigkeitsbeschränkungen. Dreißig Kilometer um Hamburg herum durfte man nicht schneller als 100 km/h rasen. Vladislav Voss fuhr vorschriftsmäßig nur bis zu den Landungsbrücken. Auf der Rückfahrt scherte er auf den Parkstreifen der Helgoländer Allee aus, und wartete, bis sie die starke Steigung vor sich alleine hochbrettern konnten. Der Motor brüllte auf. Die Antischlupfautomatik verhinderte das Durchdrehen der Reifen. Sonst hätte das Gummi gequietscht und gequalmt. Der

Wagen schoss die einzige nennenswerte Hangstraße in Hamburg hoch. Die Beschleunigung presste die beiden in die Sitze. Die Ampel an der ersten Kreuzung sprang auf Rot. Das Antiblockiersystem brachte den Porsche stotternd zum Stehen. Die Gurte blockierten und bewahrten sie vor Kopfverletzungen an der Windschutzscheibe. Der Rennwagen schnurrte danach, als wenn nichts gewesen wäre. Der Fahrer grinste: »Test bestanden! Wer hier aus dem Stand auf über 100 km/h beschleunigt, ist kaum zu schlagen.«
Sie kehrten schweigend zurück.

Beim Aussteigen nahm Vladislav Voss seinen Aktenkoffer mit und sagte: »Dann bleibt uns nur noch der Papierkram. Für 50.000 Euro nehme ich das Wägelchen.«
Peter Knust schloss die Tür auf, holte das Preisschild vom Schreibtisch und zeigte es ihm: »Das Porschecabrio kostet 62.500 Euro. Wenn Sie sich um die Anmeldung kümmern, kann ich Ihnen da höchstens um 500 entgegenkommen.«
»Ich habe 50.000 mitgebracht. Mehr habe ich nicht.«
»Unter 60.000 kann ich das Prachtstück nicht weggeben.«
»Das ist schade. Dann muss ich wohl die Nummernschilder wieder abschrauben.« Vladislav Voss wandte sich zur Verbindungstür zur Garage und sagte: »Ich hole den Schraubenzieher.«
»Also 50.000 sind völlig ausgeschlossen. Wie viel können Sie denn noch darauflegen?«
»Keinen Cent.«
Peter Knust hätte ihm eine knallen können. Bei dem Spottpreis bliebe ihm kaum der halbe Gewinn. Andererseits brauchte er genau diese 50.000 jetzt so dringend wie noch nie. Er erinnerte sich an Igors letzten Blick mit den gefrorenen Augen. Heute müsste er ihm die Kohle bringen.

Vladislav Voss stand bereits in der Garagentür: »Sie müssen sich jetzt entscheiden. Nehmen Sie meine 50.000 oder soll ich mir woanders einen Porsche holen?«

Peter Knust schloss die Lider, blies die Luft aus und nickte: »Aber nur, weil Pfingsten ist.« Immerhin konnte er so den Rest seiner Schulden zurückzahlen. Heute Abend dürfte er endlich wieder mitpokern. Ab nächster Woche wollte er sich voll und ganz auf das Geschäft konzentrieren. Dann würde alles gut werden. Mit Schwung zog er die Schreibtischschublade auf und holte den Kfz-Brief und einen Kaufvertrag mit Durchschreibkopie heraus. Vladislav Voss reichte ihm seinen Personalausweis. Trotz der Schmerzen füllte Peter Knust das Formular aus und unterzeichnete es. Der Käufer entzifferte die krakelige Schrift, verglich die Daten und unterschrieb. Dann schob er das Kuvert mit dem Geld über den Tisch und steckte den Kfz-Brief ein. Peter Knust begann sofort mit dem Zählen. Es waren 50.000 Euro. Erleichtert seufzte er und stopfte die Geldbündel wieder in den Umschlag. Er überreichte das Vertragsoriginal und behielt den Durchschlag.

Vladislav Voss stand auf und bat: »Quittieren Sie bitte noch den Erhalt des Kaufpreises.« Dazu legte er sein Vertragsexemplar wieder auf die Kopie. Peter Knust schrieb seinen Namen hinter ′50.000 Euro in bar erhalten′. Dabei schlenderte der Käufer zu dem Sideboard an der Rückwand mit den verstaubten Modellautos und jubelte: »Was für eine imposante Sammlung.«

Peter Knust wollte sich umdrehen, um ihm das Dokument zu geben. Da sprang ein Schatten von hinten auf ihn zu. Zugleich spürte er etwas am Hals. Ein Draht zog sich zu und schnitt in die Haut. Er wollte brüllen, aber es entwich ihm nur ein Röcheln. Mit den Fingerspitzen versuchte er, die Schlinge zu lösen. Sie strangulierte zu fest und gab nicht nach. Mit den Händen fuchtelte er hinter sich. Den Würger erreichten sie nicht. Mit den Beinen stemmte er sich rückwärts vom Schreibtisch, um den Mörder an die Rückwand zu pressen. Das gelang ihm sogar. Luft bekam er trotzdem nicht. Er spürte seine Kräfte schwinden. Mit der lädierten Hand griff er zu der Pistole am Gürtel, doch ihm wurde schwarz vor Augen. Seine Ohren dröhnten. Seine Arme und Beine erschlafften. Einmal bäumte sich sein Körper noch auf. Dann zuckte er noch ein paar Mal, erst krampfartig, dann schwächer werdend, bis er auf dem Schreibtischsessel zusammensackte. Das Entfernen der Gitarrensaite Minuten später erlebte er nicht mehr. Vladislav schob ihn auf dem Schreibtischrollstuhl zur Garage.

52

Eine halbe Stunde später begann Igor Horvat, unruhig zu werden. Um nicht vor Ungeduld zu zappeln, wanderte auf seinem Firmengelände an der Süderstrasse umher. Er hatte die wenigen Arbeiter, die am Samstagnachmittag hier geschuftet hatten, weggeschickt. Vladislav Voss hätte längs eintreffen müssen. Bald würde sich zeigen, ob er sein Vertrauen verdiente. Seit Wochen bettelte seine Tochter Ludmilla um seinen Segen für die Vermählung mit Vladislav. Ludmilla war sein wertvollster Schatz. Ihre Mutter, seine einzige große Liebe, war bei ihrer Geburt gestorben. Fünfundzwanzig Jahre hatte er die kleine Ludmilla behütet und geschützt. Nun wollte sie ihn verlassen und sich diesem Vladislav Voss hingeben. Den Vollwaisen aus Serbien kannte keiner. Er wusste noch nicht einmal seinen eigenen Nachnamen, als er in den Kriegswirren von der NATO-Schutztruppe aufgegriffen wurde. Die deutschen Flüchtlingsverwalter gaben dem circa dreijährigen Vladislav den Nachnamen Voss, weil die Pflegefamilie so hieß. Igor Horvat hatte nicht nur das übliche

Problem aller Väter, die Tochter an einen jungen Kerl abzutreten. Er wollte auch einen geeigneten Schwiegersohn als Nachfolger für das Geschäft bekommen. Das traute er keiner Frau zu, selbst Ludmilla nicht. Gerne hätte er sich durch die Heirat mit einer angesehenen Romafamilie verbunden. Das lehnte Ludmilla aber entschieden ab. Die heutigen Mädchen wurden in dieser Hinsicht falsch erzogen. Immerhin legte sie großen Wert auf seinen Segen. Oft hatte er sie vertröstet. Endlich war ihm am Freitagabend eingefallen, wie das gegenseitige Vertrauen bewiesen werden könnte.

Gestern Abend nach dem Treffen mit Peter Knust in der Gurke hatte Igor erstmalig Vladislav Voss in dessen Fitnessstudio, das er sich in Hamburg Horn aufgebaut hatte, besucht. Beim schummrigen Spaziergang um den Block hatten sie alles besprochen und waren sich schnell einig geworden. So konnte Vladislav Voss nicht nur beweisen, eines Tages den Aufgaben gewachsen zu sein, sondern auch die Ehre der Familie retten, in die er heiraten wollte. Sie hatten sich absolutes Stillschweigen insbesondere gegenüber Ludmilla geschworen. Heute, am Samstag, hatte Igor seine Tochter genau beobachtet. Nichts verriet, dass sie auch nur im Entferntesten ahnte, was er mit ihrem Liebsten ausgeheckt hatte. Daraufhin hatte er Vladislav Voss am Nachmittag 50.000 Euro gegeben. Nun hoffte er auf seine Rückkehr. Eigentlich müsste er längs hier sein. Hoffentlich war nichts schiefgelaufen. Möglicherweise hatte er sich auch in Vladislav Voss getäuscht. Dann hätte er wenigstens, wenn auch für viel Geld, Ludmilla vor einem Betrüger bewahrt. Bei dem Gedanken, dass Ludmilla und Vladislav Voss zusammen mit dem Geld abgehauen sein könnten, schüttelte er sich. Das brächte seine Welt zum Einsturz.

Eine Viertelstunde später erlöste ihn das Grummeln eines Porschemotors. Vladislav Voss lenkte das Cabrio, wie besprochen, in den offenen Container hinter der Halle. Igor folgte ihm. Gemeinsam drückten sie die Türen des Containers zu. Igor fragte: »Und?«
Vladislav nickte und strich mit der flachen Hand quer über die Kehle.
»Warum haben Sie so lange gebraucht?«
»Sie wissen, wie das ist. Anständige Arbeit dauert seine Zeit. Statt gleich abzuhauen, habe ich noch Einiges hergerichtet.« Er wunderte sich jetzt noch, wie kaltblütig er zum ersten Mal gemordet hatte. Möglicherweise war das auf seine frühesten Kindheitserlebnisse zurückzuführen. Seine Mutter und seine Schwester hatten sich mit den Großeltern im Keller versteckt, als die Feinde auf den Hof kamen. Er war durch ein Kellerfenster nach draußen gekrochen, um zu beobachten, was sein Vater mit dem Gewehr vorhatte. Er schoss vom Flur aus auf die beiden Soldaten. Einer fiel auf den Rücken. Der andere erschoss den Vater und warf eine Handgranate in den Keller. Vladislavs Familie war ausgelöscht. Er war weggerannt und erst nach Tagen halb verhungert aufgegriffen worden.

Sie setzten sich in das Wohnmobil, das in der Mitte der Halle abgestellt war. Vladislav Voss legte den Umschlag mit dem Geld, den Kaufvertrag mit Kfz-Brief und die Autoschlüssel vor Igor Horvat auf den Tisch. Beide grinsten sich an. Automatisch zählte Igor Horvat mit flinken Fingern die Geldbündel nach. Es fehlte kein Schein. Leise seufzte er vor Erleichterung, stand auf und sagte: »Lass dich umarmen Vladislav. Du hast Mut bewiesen und die Ehre meiner Familie gerettet. Du sollst meine Ludmilla heiraten. Nenn mich bitte Igor. Nach der Hochzeit auch gerne Vater.«
Sie umarmten sich fest und lange. Beide kämpften mit aufsteigenden Tränen. Igor gelang das durch sachliche Bemerkungen: »Ich

kümmere mich um den Verkauf der Nobelkiste. Die bringt mindestens 60.000 Euro, vielleicht sogar mehr. Davon sind 50.000 für mich. Die schuldete der Kerl mir noch. Der Rest ist für dich.«

Mit nassen Augen erwiderte Vladislav: »Ihre äh, deine herzlichen Worte und Ludmilla bedeuten mir mehr, als du ahnst. Du kannst meinetwegen das Geld behalten. Warum benutzt du den Wagen nicht? Der ist wirklich mega geil.«

Igor schüttelte den Kopf: »Solche Autos fahren Leute, die etwas beweisen müssen. Das habe ich längst überwunden. Außerdem klebt Blut an der Kiste. Das bringt Unglück. Geld ist rein. Das könnt ihr für euren neuen Haushalt gut brauchen.«

Vladislav nickte und drehte den Kopf zur Seite, um sich die Augen zu trocknen.

Igor fuhr fort: »Vergiss nie unseren Schwur. Wir werden niemals über die Geschichte sprechen. Das darf auch Ludmilla nie erfahren.«

Vladislav schaute Igor lange in die Augen. Dann reichte er Igor die Hand und sagte: »Ich verspreche dir, dass ich unser Geheimnis mein Lebtag bewahren werde.«

Mit festem Druck schüttelten sie sich die Hände. »Wenn Ludmilla fragt, was meinen Sinneswandel hervorgerufen hat, bleiben wir weitgehend bei der Wahrheit. Gestern Abend besuchte ich dich in deinem Sportstudio, um dich zu bitten, heute den Porsche bei Peter Knust zu kaufen und abzuholen. Du brachtest ihn hierher und hast um ihre Hand angehalten.«

Vladislav grinste: »Was für eine romantische Geschichte! Die wird uns jeder gerne glauben.«

»Für die Bullen lassen wir Romantik weg. Die finden bestimmt den Kaufvertrag und werden dich befragen. Denen erzählen wir, dass du dir auch mal was gönnen wolltest. Seit Jahren schuftest du sieben Tage die Woche zwölf Stunden am Stück in der Muckibude.

Nun erfülltest du dir mit dem Porsche deinen sehnlichsten Wunsch. Der Autohändler war wohlauf, als du mit dem Wagen weggefahren bist. Der Mörder hatte gewiss nicht seine Adresse hinterlassen. Der muss nach dir gekommen sein. Wenn das Geld nicht mehr da ist, hat er es wahrscheinlich mitgenommen.«

Vladislav nickte und fragte: »Wie erkläre ich, dass der Porsche gleich wieder verkauft werden soll?«

»Falls die das tatsächlich herausfinden, sagen wir, dass bei dem günstigen Einkaufspreis der Gewinn durch den Verkauf mehr reizte, als den Wagen zu fahren.«

»Was durchaus wahr ist«, lachte Vladislav.

Igor schmunzelte: »Jetzt solltest du Ludmilla die gute Nachricht überbringen.«

53

Am Dienstag nach Pfingsten kurz vor 10 Uhr schlurfte Yaver auf den Hof des Gebrauchtwagenhändlers. Peter Knust war nirgends zu sehen. Yaver freute sich, dass der rote Porsche verschwunden war. Offenbar war der 911er tatsächlich am Samstagnachmittag verkauft worden. Das hatte hoffentlich die Stimmung seines Herrn verbessert. In den letzten Wochen war er übernervös und unnötig streng. Die Kassenraumtür war geschlossen. Da er immer mal als Erster eintraf, hatte er einen eigenen Schlüssel bekommen. Er öffnete die nur zugezogene Tür und trat ein. Es roch fremd. Nach zweieinhalb Tagen ohne zu lüften war das bei der Hitze kein Wunder, dachte er und ließ die Tür weit geöffnet. Er ging durch die Verbindungstür zur Garage, um sich seinen Overall überzuziehen. Noch im Türrahmen erstarrte er. Ein Mann baumelte an einem Seil. Das reichte vom hinteren rechten Hebearm der hochgefahrenen Hebebühne bis an den Hals. Der Kopf hing unnatürlich schief auf dem reglosen Körper. Yaver überwand sich und schlich mit angehaltenem Atem zur anderen Seite, bis er das Antlitz erkennen konnte. Er wich zurück. Für einen Augenblick hatte er gehofft, dass der Tote seinem Herrn nur in Statur und Kleidung ähnelte. Doch das Gesicht ließ diese Hoffnung sterben. Er kannte ihn zwar nicht mit so weit aufgerissen Augen, aber es war zweifellos Peter Knust. Auf dem Boden unter ihm lag die umgekippte Trittleiter. Bebend schaute er zu dem geschlossenen Rolltor. Er rannte nach draußen. Durch die halb blinden Scheiben war die Leiche nicht zu erkennen. Yaver verharrte und zitterte. Er hatte noch nie einen Toten gesehen. Am liebsten wäre er weggelaufen. Doch das käme ihm kindisch vor. In seiner Not rief er mit dem Handy seinen ältesten Bruder an. Der versprach, die Polizei zu benachrichtigen, und wies ihn an, dort auf sie zu warten. Auf keinen Fall dürfte er etwas anfassen.

Yaver postierte sich an der Zufahrt am Bürgersteig, um etwaige Besucher wegzuschicken. Langsam beruhigte er sich. Dadurch drängten sich Fragen in das Bewusstsein. Wieso nahm sich so ein reicher Mann das Leben? Er verstand das nicht. Hätte er es verhindern können? Ihm fiel nichts ein, was er hätte anders machen sollen. Den Arbeitsplatz war er vorerst los. Er bezweifelte, dass sein Lohn für den laufenden Monat noch ausgezahlt würde. Sein Bruder wusste vermutlich, wie er das Geld erhalten konnte. Er hoffte, bald eine neue Arbeit zu finden. Ohne Geld machte das Leben in dieser kalten Fremde keinen Spaß.

54

Nur fünf Stunden später, am Dienstagnachmittag, passierte das, womit Vladislav seit dem Morgen gerechnet hatte, und was er seit Samstagnachmittag befürchtet hatte. Er ahnte sofort, dass der Unbekannte, der sein Fitnesscenter betrat, kein neuer Kunde werden wollte. Angesichts der sackförmigen Korpulenz hätte es der Mitte Vierzigjährige zwar dringend nötig, wäre dann aber nicht ohne Sporttasche im ausgebeulten Anzug erschienen. Er schritt, ohne die Geräte und Athleten zu beachten zum Empfangstresen und sagte: »Ich möchte Herrn Vladislav Voss sprechen.«
»Der steht vor Ihnen.«
»Mein Name ist Mielke von der Kriminalpolizei Hamburg. Wo können wir ungestört reden?«
»Um diese Zeit stört uns hier niemand.«
»Wie Sie wollen. Es geht um Herrn Peter Knust. Wann haben Sie ihn zuletzt gesehen?«
»So wie Sie fragen, müsste ich ihn kennen. Aber der Name sagt mir nichts.«
»Das wundert mich. Sie haben am Samstag einen Porsche bei ihm gekauft.«
»Ach der Autohändler. Bei dem war ich am Samstagnachmittag.«
»Was für einen Eindruck machte Herr Knust auf Sie?«
»Ich weiß nicht, wie er sonst ist. Eigentlich müsste er sich gefreut haben, so kurz vor dem langen Wochenende, noch einen teuren Wagen zu verkaufen. Gezeigt hat er das nicht. Allerdings lassen sich gewiefte Händler das kaum anmerken. Das würde nicht zum Ritual des Feilschens passen. Zu großer Jubel könnte dem Käufer verraten, dass der Gewinn immer noch unverschämt hoch ist.«
»Wer war sonst da?«
»Ich habe niemanden bemerkt.«

»Kam nach Ihnen noch jemand auf den Hof?«
»Jedenfalls nicht, bis ich wegfuhr.«
»Wann war das?«
»Ich habe nicht darauf geachtet. Ich schätze, gegen 17 Uhr. Warum fragen Sie?«
»Es scheint, dass Sie der Letzte waren, der Herrn Knust lebend gesehen hat.«
»Heißt das, dass er tot ist?«
Herr Mielke nickte und starrte ihm in die Augen.
Vladislav stammelte: »Wie, wie ist er umgekommen?«
»Das wird zurzeit untersucht. Woher hatten Sie das Geld für den Porsche?«
»Dafür habe ich eisern gespart.«
»Aha, und wem gehört dieser Laden?«
»Den muss ich noch eine Weile abstottern.«
»Hätten Sie mit dem Geld nicht besser Ihre Schulden abbezahlt?«
»Sie haben wahrscheinlich recht. Aber ich arbeite hier sieben Tage die Woche meistens über zwölf Stunden pro Tag. Da wollte ich mir auch mal etwas gönnen. Sonst vergesse ich, wofür die Schufterei gut sein soll. Endlich wenigstens einen Traum erfüllen.«
»Und dafür haben Sie Peter Knust umgebracht?«
Vladislav zuckte zusammen. Dann brauste er auf: »Ich? Wie kommen Sie denn darauf?«
Nach unerträglich langem Schweigen erklärte Herr Mielke: »Der Letzte, der einen Toten lebendig gesehen hat, hat ihm meistens das Leben genommen.«
»Na, dann war ich nicht der Letzte. Das könnte ich auch gar nicht, und wozu auch?«, schnaubte er.
»Genau das würde ich auch gerne wissen. Wie und warum haben Sie Peter Knust ermordet?«

Vladislav schüttelte den Kopf: »Ist das Ihr Ernst? Wieso verdächtigen Sie ausgerechnet mich?«
»Auf dem Schreibtisch lag Ihr Kaufvertrag. Das Geld fehlte.«
»Dann hat der Dieb leider keine Visitenkarte für Sie zurückgelassen.«
»Nun werden Sie nicht unverschämt.«
»Unverschämt finde ich Ihre Beschuldigung. Wenn Sie ernsthaft dabeibleiben, breche ich das Gespräch ab und rufe meinen Anwalt an.«
»Den werden Sie brauchen.«
»Dann gehen Sie jetzt bitte sofort.«
»Verlassen Sie bis auf Weiteres nicht die Stadt und halten Sie sich für Vernehmungen im Polizeipräsidium bereit.« Dabei drehte sich der Kriminalbeamte um und schritt grußlos aus dem Sportstudio.
Vladislav ging in das Hinterzimmer, um sein nasses Polohemd zu wechseln. Es triefte, als ob er schwerste Gewichte gestemmt hätte.

55

Am Dienstag kehrte Julia kurz nach 19:00 Uhr in die Wohnung zurück. Aufgestaute Wärme schlug ihr entgegen. Sie öffnete sämtliche Fenster. Dabei entdeckte sie eine blinkende 3 auf dem Display des Anrufbeantworters. Sie drückte auf die Abspieltaste. Die angezeigte Telefonnummer kannte sie nicht. Um 16:00 Uhr fehlten dem Anrufer die Worte. Auch beim zweiten Anruf derselben Nummer um 17:00 Uhr blieb der Schweiger stumm. Erst beim dritten Versuch um 18:00 Uhr sprach die Nummer: »Hallo hier ist Mielke von der Hamburger Kriminalpolizei. Ich muss dringend mit Herrn Stefan Rechter sprechen.« Zum Abschied nannte er seine

Durchwahlnummer. Julia schrieb sie auf und erschauderte. Was wollte der Inspektor nun schon wieder von Stefan? Ging es weiterhin um den Juwelenraub oder um das Falschgeld? Hatte Stefan etwa doch etwas auf dem Kerbholz? Dass er die Blüten in Umlauf gebracht hatte, stellte immerhin ein Kapitalverbrechen dar. Für sie als Bankerin wog das besonders schwer. Den Juwelier hatte er garantiert nicht überfallen. Das Schmucksäckchen im Kofferraum hatte gewiss Peter Knust dort deponiert, um ihn zu belasten. Dem Schwein traute sie den Raub durchaus zu. Aber warum musste sich Stefan am Samstagvormittag unbedingt als Erstes mit dem dubiosen Emil treffen? Wieso hatte er ihr danach nichts erzählt? Durfte sie solch einem Mann, der täglich mit Verbrechern Kontakt hat, überhaupt heiraten? Das Klacken des Schlosses der Wohnungstür unterbrach ihre Befürchtungen. Stefan strahlte sie an: »Schön, dass du schon da bist.«

»Herr Mielke von der Kripo will dich sprechen. Du sollst ihn anrufen.« Julia reichte ihm den Zettel mit der Telefonnummer.

»Ich rufe ihn morgen an.«

»Er hat bereits dreimal angerufen und auf dem Anrufbeantworter hinterlassen, dass es dringend sei.«

»Mal sehen, ob der um 19:15 Uhr noch im Einsatz ist.«

Julia blieb neben ihm stehen, um wenigstens die hiesige Seite des Dialogs mitzubekommen. Stefan tippte die Nummer ein. Überraschend schnell sagte er: »Hallo Herr Mielke, in welcher Angelegenheit wollen Sie mich sprechen?«

»Danke für den Rückruf. Ich möchte wissen, was Sie zwischen Samstag und Montag gemacht haben.«

»Das geht Sie nichts an.«

Julia zuckte zusammen. So hätte sie nie gewagt, mit einem Polizisten zu reden.

Herr Mielke erklärte: »Ich untersuche den Tod von Herrn Peter Knust.«
»Oh, Herr Knust ist tot! Wie ist das möglich? Er war jung und sah gesund aus. Oder ist er verunglückt?«
Julia unterdrückte ein erleichtertes Seufzen. Im selben Moment wurde es ihr schummrig vor Augen. Sie tastete sich zum nächstgelegenen Stuhl am Esstisch. Mit rauschenden Ohren versuchte sie, dem Telefonat weiter zu folgen. Dabei drängte sich ihr Voodoozauber ins Bewusstsein und ließ sie erzittern. Nie hatte sie ernsthaft mit dieser Konsequenz gerechnet. Ihr war es mehr um Ablenkung von der Sorge um Stefan gegangen. Ein wenig Rache für Peter Knusts Untaten gestand sie ein, aber seinen Tod hatte sie nicht gewollt.
Herr Mielke sagte: »Es sieht wie Selbstmord aus. Wir warten auf den Bericht des Gerichtsmediziners.«
Stefan fragte: »Und bis der vorliegt, interessieren Sie sich für mein Privatleben am Pfingstwochenende?«
»Wann haben Sie Peter Knust zuletzt gesehen?«
»Vor circa zwei Wochen, als wir die Autos bei ihm gekauft haben.«
»Die Sie mit den falschen Fünfzigern bezahlt haben.«
»Die ich, wie Sie wissen, mit den Hundertern von der Bank bezahlt habe.«
»Und woher stammten die Blüten in Ihrem Portmanie?«
»Von einem Mandanten. Er hat damit mein Honorar liquidiert. Ich habe ihn inzwischen darauf angesprochen. Er hatte keine Ahnung und weiß auch nicht, wer sie ihm angedreht hat. Seine Kunden begleichen seine Leistungen stets bar und vorwiegend mit Fünfzigern. Er war mein erster barzahlender Klient.«
»Warum wollen Sie mir verheimlichen, was Sie am Wochenende gemacht haben?«
»Weil es Sie nichts angeht. Oder verdächtigen Sie mich, Herrn Knusts Pulsadern aufgeschnitten zu haben?«

»Wenn Sie mir wieder kein nachprüfbares Alibi nennen, gehören Sie zum Kreis der Verdächtigen.«

»Verdächtige bei einem Suizid gibt es nicht. Es sei denn, Sie vermuten, dass es sich um Mord oder Totschlag handelt.«

Julia erschrak. Sollte ihre Beschwörung Peter Knusts zum Selbstmord getrieben haben? Wollte der Kommissar Stefan einen Mord unterschieben? Das wäre ein verhängnisvolles Echo ihres Fluchs.

Herr Mielke fragte noch einmal: »Also, was haben Sie am Wochenende getan?«

Stefan lenkte ein: »Ich war das ganze Wochenende mit meiner Frau zusammen. Vielleicht sollten Sie Personen verdächtigen, die ein Motiv haben.«

»Was für Motive könnten das sein?«

Stefan fauchte: »Wie soll ich das wissen? Ich kenne den Mann nicht näher. Das zu ermitteln, ist nun wirklich Ihre Aufgabe.«

Julia wunderte sich, dass Stefan sein Treffen mit Emil am Samstagvormittag nicht erwähnte. Sollte sie auch für diese Zeit bezeugen, mit Stefan zusammen gewesen zu sein? Was war zu der Zeit tatsächlich passiert?

Herr Mielke verabschiedete sich: »Sie werden wieder von mir hören.«

Stefan fragte: »Ach übrigens, brauchen Sie wegen des Juwelierüberfalls noch die Bestätigung meines Mandaten, dass er zur Tatzeit bei mir in der Kanzlei gewesen war?«

»Ja, wenn Sie von der Liste der Hauptverdächtigen gestrichen werden wollen.«

»Er wird sich in den nächsten Tagen bei Ihnen melden.«

Stefan legte den Telefonhörer auf und wandte sich an Julia: »Hast du das mitbekommen? Peter Knust, unser höchst verabscheuter Entführer, hat sich das Leben genommen.«

»Auch wenn es herzlos und unchristlich klingt, muss ich gestehen, dass sich mein Bedauern in Grenzen hält. Aber was hast du damit zu tun? Warum wollte er dich unbedingt sprechen?«

»Er hofft, mich nicht nur als Schmuckdieb und Geldfälscher, sondern auch als Mörder zu überführen. Ich fürchte, er mag mich nicht.«

»Kein Wunder, so wie du mit ihm sprichst. Wieso hast du ihm verschwiegen, dass wir am Samstagvormittag nicht zusammen waren?«

Stefan stutzte: »Stimmt, das habe ich vergessen. Das kannst du ihm sagen, falls er dich in dieser Angelegenheit verhören sollte. Das halte ich allerdings für unwahrscheinlich. Solange die Gerichtsmediziner ihm nicht bestätigt haben, dass es sich um Selbstmord handelt, will er mir nur Bange machen. Ich habe jetzt Hunger.« Er verschwand im Schlafzimmer, um sich umzuziehen.

Julia blieb benommen sitzen. Wie konnte er in diesem Augenblick nur an Essen denken? Ihre Gedanken kreisten um die erstochene Puppe im Balkonkasten. Die in den Kopf geprägten Buchstaben waren höchst verräterisch. Die Figur müsste sie sobald wie möglich beseitigen. Auch wenn kaum einer an den Zinnober glaubte, war das Ergebnis nicht zu leugnen.

Auch Stefan plagte das Gewissen. Hatte er Peter Knust am Freitagnachmittag so schwer verletzt, dass die Qualen unerträglich wurden? Hatte er sich deshalb am Samstag das Leben genommen? Stefan fühlte sich schuldig, auch wenn er sich nur aus der Geiselhaft befreien wollte. Aber selbst wenn der Loser wegen ausstehender Spielschulden ermordet worden sein sollte, empfand er eine gewisse Mitverantwortung. Immerhin hatte der Pleitier kein Lösegeld kassiert. Vielleicht lief am Freitag die letzte Zahlungsfrist ab. Diese Mitschuld träfe Emil sogar noch heftiger. Er behauptete jedenfalls, dass er die ganze Woche Peter Knusts Geldbeschaffungen verhindert habe.

56

Am nächsten Morgen verließ Stefan bereits um 8 Uhr die Wohnung. Er wollte die Zeit bis zu seinem ersten Termin um 10 Uhr nutzen, um endlich von Mielkes Verdächtigenliste gestrichen zu werden. Er hoppelte mit dem Mercedes von Ampel zu Ampel und beglückwünschte sich, dieser Geduldsprobe nicht täglich ausgesetzt zu sein. Da er sich sicher war, Herrn Ohlsen, den vermeintlichen Hühnerdieb, jetzt in der Motorradwerkstatt anzutreffen, hatte er sich nicht mit ihm verabredet. Seinen Wagen parkte er vor den Hinterhofgaragentoren, obwohl das rostige Blechschild.
‚Harley Davidson Parking Only'
das verbot. Er huschte durch den Nieselregen zu der halb offenen Tür und betrat einen ehemals weiß getünchten Raum. Neonröhren leuchteten von der Decke. Es roch nach Öl und Schmiere. Mehrere Motorräder standen auf niedrigen Hebebühnen. Zwei Männer in Overalls, dessen ursprüngliche Farbe unbestimmbar war, hämmerten und schweißten ohne ihn zu beachteten. Vom Schweißer spritzten glühende Funken begleitet von grellen Lichtblitzen in alle Richtungen. Stefan zögerte, sich zu nähern, weil er um seinen hellgrauen Anzug fürchtete. Der Hämmerer erbarmte sich und wies mit dem Kopf in den Nachbarraum. Dort waren moderne und alte Motorräder aufgereiht. Auf den Sätteln lagen handschriftliche Preisschilder. Olli saß auf einem Holzstuhl in der hinteren Ecke und telefonierte. Neben ihm stand ein kleiner Tisch mit zwei unterschiedlichen Stühlen. Alles wirkte so dreckig, dass Stefan hoffte,

sich nicht setzen zu müssen. Olli bemerkte seinen Besucher und brach das Telefonat ab: »Ich melde mich wieder.« Er legte auf und grüßte: »Moin!«

»Guten Tag Herr Ohlsen, mich führt nur eine Kleinigkeit zu Ihnen.«

»Mit Mofas und Mopeds gebe ich mich nicht ab.«

Stefan lachte: »Ich möchte Sie bitten, der Kriminalpolizei zu bestätigen, dass Sie am 16. Mai von 17:00 bis 18:30 Uhr bei mir im Büro waren.«

»Das kann ich nicht. Ich kenne Sie gar nicht.«

»Aber Herr Ohlsen, wir haben damals am späten Mittwochnachmittag ausführlich über die Etikettierung von Hühnereiern gesprochen.«

»Was habe ich mit Hühnereiern zu tun? Das muss eine Verwechselung sein.«

»Was soll das Spielchen?«

»Wieso Spielchen? Ich kenne Sie nicht und weiß nicht, was das soll.«

»Sie werden sich gewiss an Peter Knusts Anruf am Freitagnachmittag erinnern. Bei der Gelegenheit sprachen wir auch kurz.«

»Was ist mit Peter?«

»Na der hat Sie angerufen und Ihnen gesagt, dass Sie unsere Besprechung der Kripo bestätigen können.«

»Ich bestätige den Bullen gar nichts.«

»Das ist schade. Das kompliziert diese Kleinigkeit auch für Sie erheblich.«

Nach ungebührlich langem Grübeln fragte er: »Was springt für mich dabei raus?«

»Sie ersparen sich eine Falschaussage und im schlimmsten Fall einen Meineid.«

»Sehr witzig. Ich meine kohlemäßig.«

»Wenn Sie damit anfangen, muss ich die falschen Fünfziger, mit denen Sie mich bezahlten, erwähnen. Das hatte ich nicht vor, weil ich dachte, wir rufen kurz bei der Kripo an, und die Sache ist erledigt.«

Olli schwieg.

Stefan setzte erneut an: »Wissen Sie, dass Peter Knust am Wochenende ums Leben gekommen ist?«

Olli starrte ihn ungläubig an: »Woher wissen Sie das? In der Bild-Zeitung stand nichts davon.«

»Die Kripo hat mich deshalb gestern Abend angerufen.«

»Ich kann es nicht glauben. Wir hatten am Freitag noch telefoniert.« Dabei tippte er eine Nummer in sein Telefon und wartete: »Hallo hier ist Olli. Stimmt es, dass Peter Knust tot ist?«

Stefan sah Olli stumm nicken. Dann bat er: »Ruf mich an, wenn du mehr erfährst.«

Sie schauten sich wortlos an. Schließlich versuchte es Stefan erneut: »Jetzt, wo Herr Knust es Ihnen nicht mehr übel nehmen kann, können Sie getrost unser Treffen bestätigen.«

Olli schüttelte den Kopf: »Es geht nicht so sehr um Peter. Ich hasse die Bullen. Die drehen einem die Wörter im Mund herum.«

»Genau deshalb bin ich persönlich gekommen. Wenn wir gemeinsam mit Herrn Mielke sprechen, kann ich Sie vor unzulässigen Fragen schützen. Das ist mein täglich' Brot, wie man so schön sagt.«

»Bin ich danach wirklich raus aus der Geschichte?«

»Was Ihren Besuch bei mir in der Kanzlei betrifft, ja. Es ist Ihr gutes Recht, sich von einem Rechtsanwalt beraten zu lassen. Sie müssen keinem über den Inhalt des Gesprächs Auskunft geben. So einfach ist das. Ich garantiere Ihnen, dass ich Ihre Rechte verteidigen werde.«

»Und was ist mit den Blüten?«

»Damit haben Sie nichts zu tun. Das habe ich bereits geklärt.«

»Na gut. Wie soll das denn ablaufen?«

»Ich rufe Herrn Mielke mit meinem Handy an. Das hat eine Mithörfunktion. Ich hatte ihm gesagt, dass ich erst Ihr Einverständnis brauchte, um ihm Ihren Namen zu nennen. Dann wird er sich von Ihnen bestätigen lassen, dass Sie am 16. Mai von 17:00 bis 18:30 Uhr bei mir im Büro waren.«

»Mehr nicht?«

»Sie brauchen nur Fragen zu Ihrer Person, wie Name, Anschrift und Beruf beantworten. Sobald er mehr wissen will, schreite ich ein.«

»Und wenn er später, wenn Sie weg sind, vorbeikommt und mich verhören will?«

»Damit rechne ich kaum. Wenn doch, sagen Sie ihm, dass Sie nur in meinem Beisein mit ihm reden werden. Bleiben Sie stur und schicken ihn vom Hof. Falls er Sie zur Zeugenvernehmung ins Präsidium bestellt, begleite ich Sie.«

»Ach, und das soll ich dann bezahlen.«

»Nein, Sie bestätigen nur, bei mir gewesen zu sein. Warum Sie genau zur Tatzeit ausgerechnet zu mir kamen, und worum es ging, brauchen Sie nicht beantworten.«

Olli schloss kurz die Augen und nickte. Stefan schaltete die Lautsprecherfunktion seines Handys ein und wählte Mielkes Durchwahlnummer.

57

Als bei Mielke im Polizeipräsidium das Telefon klingelte, hatte er schon seit einer Stunde am Schreibtisch gesessen. Wie vereinbart, hatte der Obduktionsbericht im Eingangskorb gelegen. Er hatte ihn sofort gelesen. Das wachsweiche Ergebnis schloss Selbstmord nicht aus. Fremdverschulden war nicht eindeutig nachweisbar. Auffällig waren blaue Flecken am rechten Handgelenk und am Rücken. Diese Blutergüsse waren aber circa einen Tag vor dem Tod entstanden und kamen nicht als Todesursache in Betracht. Ein Unfall schied wegen der weit auseinanderliegenden Ödeme aus. Vermutlich war der Tote geschlagen oder getreten worden.

Mit dieser Analyse versprach sich Mielke wenig Chancen, Vladislav Voss als Raubmörder zu überführen. Zu gerne hätte er den Muskelbubi verhaften lassen, allein schon wegen des Porsches. Doch ob der Staatsanwalt das angesichts des zurückgelassenen Kaufvertrags geschluckt hätte, wäre zweifelhaft.

Während der Lektüre des Befunds hatte ihn der Anruf eines Informanten gestört. Den hatte er erst am Vortag beauftragt, Näheres über den Autohändler herauszubekommen. Durch ihn erfuhr Mielke, dass Peter Knust hohe Spielschulden hatte.

Nun unterbrach das Telefongebimmel erneut seine Überlegungen. Dass sich auch noch der Anwalt wegen seines Alibis meldete, verdross ihn obendrein. Er notierte sich kommentarlos den Namen Ohlsen mit Anschrift und bedankte sich kurz angebunden für die Nachricht.

Die beiden Anrufer schauten sich verwundert an. Olli hatte unangenehmste Fragen befürchtet. Stefan hatte sich auf die Abwehr unzulässiger Fragen eingestellt. Er ließ Olli für den Fall einer Fortsetzung eine Visitenkarte zurück.

Herrn Mielke bestärkte das knappe Telefonat, die bereits angedachte Lösung zu wählen. Danach hatte Peter Knust den Juwelier

Abraham ausgeraubt, um seine Schulden zu bezahlen. Das hatte er auch mit dem Falschgeld versucht. Offenbar war beides fehlgeschlagen. Deshalb hatte er den Geldboten bei McDonald's überfallen. Die Beschreibung des Fluchtwagens und die unvollständige Autonummer passten auf ein Fahrzeug, das auf Peter Knust zugelassen war. Den Geldkoffer hatte er vernünftigerweise nicht geöffnet. Am Freitag hatten ihn Geldeintreiber verprügelt. Am Samstag sah er, nachdem ihm auch noch das Geld für den Porscheverkauf entwendet wurde, keinen Ausweg mehr und hatte sich aufgehängt. So fügte sich alles auch ohne Abschiedsbrief einigermaßen zusammen. Zu einer allzu strengen Überprüfung vor Gericht würde es in diesem Fall nicht kommen. Damit könnte er zwar dem respektlosen Strafverteidiger Rechter keinen beipulen und müsste den höchst verdächtigen Balkanlümmel laufen lassen. Aber dafür hatte er vier schwere Verbrechen in kürzester Zeit aufgeklärt. Das würde seinem Erfolgskonto guttun und ihm die ersehnte Beförderung näherbringen. Was er für weitaus wichtiger hielt als die von vielen überbewertete Gerechtigkeit und Strafe.

58

Am nächsten Vormittag setzte sich Julia schon um 7:30 Uhr an ihren Schreibtisch. Sie musste bis zur Besprechung um 11:00 Uhr die, bis in die letzte Nacht ausgearbeitete, Präsentation überprüfen und verinnerlichen. Dabei ging es nicht nur darum, die beabsichtigte Firmenübernahme als wirtschaftlich sinnvoll darzustellen, sondern auch die kreative Finanzierung zu kontrollieren. Ihr Chef verließ sich vollkommen auf ihre Berechnungen der Rendite und Risiken. Er sah seine Aufgabe mehr im Verkaufen der Lösung an die

Gesellschafter. Die Käufer sollten überzeugt werden, durch die Gestaltung der Bank, das Unternehmen zum Schnäppchenpreis zu übernehmen, ohne die eigene Kreditwürdigkeit zu schmälern. Die Verkäufer sollten froh sein, so viel für den maroden Betrieb zu kassieren. Gleichzeitig sollten beide Seiten dankbar die stattlichen Provisionen für die Bank bezahlen. Normalerweise bereitete diese Routineaufgabe Julia keine Probleme. Doch in den vergangenen Tagen unterbrachen Zweifel und Bedenken hinsichtlich Stefan ihre Konzentration. Gestern Abend hatte er nur nebenbei erwähnt, dass sein Alibi für die Zeit des Juwelierüberfalls der Kripo gemeldet worden war. Offenbar vermied er, mit ihr über das Thema Peter Knust zu sprechen. Das mit dem Falschgeld belastete sie. Gab es weitere Verfehlungen seinerseits? Wieso verdächtigte der Inspektor ihn wegen Peter Knusts Tod? Entrüstet verdrängte sie den Gedanken und konzentrierte sich auf die Arbeit. Nach einer Viertelstunde schweifte sie erneut ab. Welche Rolle spielte Emil, der Detektiv? Hatte Peter Knust über ihre Affäre geplaudert? Julia begann zu schwitzen. Sie zog vorsichtshalber die Kostümjacke aus. Kurz vor 11 Uhr hakte sie die Unterlagen ab. Sie hoffte, dass sie keine Fehler übersehen hatte. Wie so oft wurden in letzter Sekunde Kopien gedruckt. Auf dem Weg in den Konferenzraum sah sie beim Ausschalten des Handys, dass eine SMS empfangen wurde. Sie las im Gehen, was Stefan gesendet hatte: ‚Lies Seite 5 in Bild.'
Sie wusste, wie ungern Stefan SMS verfasste. Anderseits vermieden sie private Telefonate bei der Arbeit. Die stören fast immer. Während der Besprechung zwang sich Julia vergeblich, nicht an die Nachricht zu denken. Trotzdem verlief die Konferenz erfolgreich. Um 12:45 flitzte Julia zum Kiosk am U-Bahnhof und kaufte die Bild-Zeitung.

Auf Seite 5 las sie, dass sich der Gebrauchtwagenhändler Peter Knust am Pfingstsamstag in seiner Werkstatt vermutlich wegen horrender Spielschulden erhängt hatte. Er hatte auch die Raubüberfälle auf den Juwelier in Othmarschen und den Geldboten bei McDonald`s begangen.

Sofort kämpften in Julia wieder die Gefühlsgegensätze zwischen Schuld, wegen des Voodoozaubers und Erleichterung über das endgültige Verschweigen ihres Fremdgehens. Den ganzen Nachmittag unterbrachen Gewissensbisse ihre Konzentration. Schließlich beruhigte sie sich mit den Tatsachen. Der Mistkerl hatte ihr Vertrauen missbraucht, Stefan zum Falschgeld getrieben, ihm den Juwelierüberfall zugeschoben und ihn letztendlich sogar noch entführt. Gegen 18 Uhr schlich sie sich aus der Bank, um etwas viel Wichtigeres zu erledigen, was durch diesen Rosstäuscher liegen geblieben war.

Als Stefan endlich nach Hause kam, erkundigte er sich sofort: »Hast du die Zeitungsnotiz gelesen?«
Julia nickte: »Ich habe zwar über deine Rehabilitation himmelhoch gejauchzt, war aber über den Selbstmord unseres Entführers nicht wirklich zu Tode betrübt.«
Stefan grinste: »Geht mir genauso. Zumal nun kein Zeuge meiner Falschgeldverfehlung mehr unter uns weilt.«
Julia dachte an ihre eigene Verfehlung. Um schnell auf andere Gedanken zu kommen, fragte sie: »Wie viel Schulden der Kerl wohl mit ins Grab genommen hat?«
»Er hatte sich mit 100.000 Euro von dir für mich begnügt. Wenn er mehr gebraucht hätte, wäre er vermutlich nicht darauf eingegangen.«

Julia verglich: »Das entspräche ungefähr meinem Bruttobonus für die Akquisition der Gewürzfabrik.«
Stefan ergänzte: »Dazu kommen der geklaute Schmuck und der Geldkoffer. In der Summe würde das einigen Familien über ein Jahr lang reichen.«
Julia schüttelte den Kopf: »Das hat der Loser einfach so verdaddelt.«
Stefan stimmte ihr zu: »Die Restschuld hat er zum bitteren Ende mit dem Leben bezahlt.«

Beim Abendbrot berichtete Julia: »Ich habe eine tolle Location für den Polterabend gefunden. Bei dem Italiener Capriccio in der Thielbek beim Großneumarkt können wir feiern, im Wintergarten tanzen und wer muss, darf im Patio rauchen.«
»Gute Idee, da hätte ich selbst draufkommen können.«
»Dann reserviere ich den 11. Dezember für uns.«
Stefan stimmte zu und war froh, dass Julia ihr Lieblingsprojekt wieder weiterverfolgte. Die Ereignisse der letzten Wochen hatten es in den Hintergrund gedrängt.

Im Jahre 2004 explodierte auf dem Flughafen von Málaga eine Bombe. Alle glaubten, die baskische Terrorgruppe ETA stecke dahinter. Die wahren Hintergründe enthüllt dieser Roman.
Verrat, Verfolgung, Entführung und Erpressung bringen selbst Glückspilze zum Zittern. Wo sie sich im magischen Andalusien auch verstecken, die ETA, die Polizei und die Unterwelt bleiben ihnen unerbittlich auf den Fersen.
Achtung: Hochspannung!

ISBN 978-3-84 82-3030-3

Jan Wolewski, ein junger Ingenieur aus Hamburg, entdeckt bei der Auflösung des Haushalts seines Opas rätselhafte Unterlagen. Bei seinen Nachforschungen stößt er auf ein jahrzehntelang gehütetes Familiengeheimnis. Die mühsam zusammengetragenen Fundstücke verändern nicht nur die Beurteilung seiner persönlichen Lebensgeschichte, sondern lüften auch ein Geheimnis des Weltgeschehens, von dem noch nicht einmal die damaligen Hauptakteure etwas wussten.

ISBN 978-3-8423-3396-3

Der frisch getrennt lebende Armin Blumenberg verreist zum ersten Mal alleine mit seiner kleinen Tochter Dorit. Eigentlich wollte er mit ihr gemütlich das magische Andalusien im Süden Spaniens erkunden. Stattdessen geraten sie in eine Hetzjagd nach einem mysteriösen Ring, der aus einem Kloster gestohlen wurde. Nur der amtierende Abt darf die wundersame Wirkung des Rings kennen. Um das Geheimnis zu wahren, werden seit Jahrhunderten keine Mitwisser geduldet. Ständig auf der Flucht stolpern die beiden deutschen Urlauber von einem Albtraum in den nächsten.

ISBN 978-3-8370-2151-6

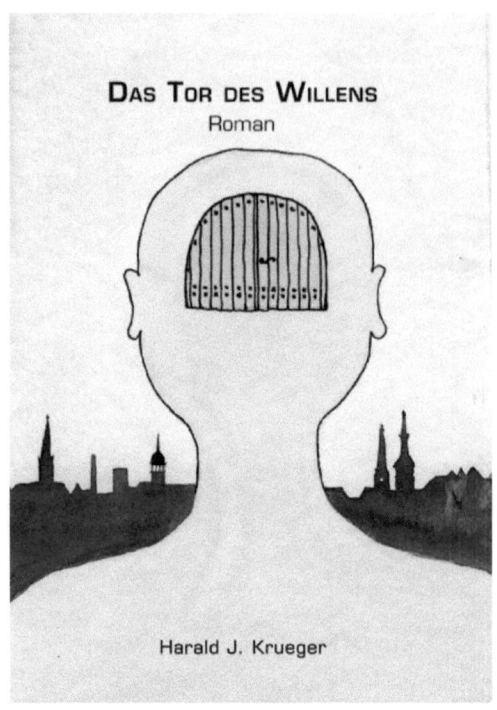

Rudi Hansen ist mit seinem Hamburger Immobilienbüro bislang nicht zum erstrebten Wohlstand gelangt. Auch privat droht Ungemach. Seine Freundin, die bei einem Hamburger Kosmetikhersteller forscht, wird nach Düsseldorf versetzt. Wird ihre Liebe die Trennung überstehen?
Durch vermeintliche Zufälle gelangt Rudi an das geheime Wissen über das Tor des Willens. Den darauf lastenden Fluch belächelt er. Skeptisch öffnet er das spirituelle Tor. Es stellen sich tatsächlich spektakuläre Erfolge ein. Rasant steigt er zur Hamburger High Society auf. Doch dann entdeckt Rudi Risiken und Nebenwirkungen. Die mysteriöse Gabe scheint ihren Preis zu haben.

Leicht und spöttisch, mit einem gehörigen Schuss Ironie erzählt Harald J. Krueger diese ergreifende Liebesgeschichte. Ein spannender Roman unserer Zeit, der schildert, was passiert, wenn jemand Entscheidungen anderer lenken kann.

ISBN 978-3-8334-1421-3